suhrkamp taschenbuch 3422

*Die Rolle meiner Familie in der Weltrevolution*, heute ein Klassiker der europäischen Literatur, war ein Kultbuch in Jugoslawien. Aus der Perspektive eines Kindes – unschuldig bis zur Idiotie – wird in kaum zu überbietender Knappheit vorgeführt, wie Krieg, Faschismus und Kommunismus den Mikrokosmos einer heruntergekommenen Familie im Belgrad der vierziger Jahre heimsuchen. Hier hält man Lenins Schrift »Ein Schritt vor, zwei zurück« für ein Tango-Lehrbuch, diskutiert über Zwerge in Einmachgläsern und geht in Deckung, wenn die Partisanen den Freund von gestern zum Feind erklären. Die unheimliche Lakonie des Erzählers, der irrsinnige Witz und melancholische Humor des Buches machen es zu einem Meisterwerk der Subversion.

Bora Ćosić, 1932 geboren, schloß sich Mitte der fünfziger Jahre den Dichtern und Künstlern der serbischen Avantgarde an. Sein umfangreiches Werk wurde erst teilweise übersetzt. Zuletzt erschienen *Bel Tempo*, 1998, und *Die Toten* sowie *Die Zollerklärung* (es 2213), beide 2001. Ćosić lebt in Rovinj/Istrien und Berlin.

Bora Ćosić

# Die Rolle meiner Familie in der Weltrevolution

Aus dem Serbischen von
Mirjana und Klaus Wittmann

Suhrkamp

Die Originalausgabe erschien 1980 unter dem Titel
*Uloga moje porodice u svetskoj revoluciji*
bei Nolit, Beograd


Umschlagfoto: Boris Schmalenberger

suhrkamp taschenbuch 3422
Erste Auflage 2002

Druck: Nomos Verlagsgesellschaft, Baden-Baden
Printed in Germany
Umschlag nach Entwürfen von
Willy Fleckhaus und Rolf Staudt

1 2 3 4 5 6 – 07 06 05 04 03 02

# Die Rolle meiner Familie in der Weltrevolution

# *Eins*

Mama nähte einen Beutel. Auf den Beutel stickte sie die Buchstaben »Für Zeitungen«. Sie stickte auch noch Papa drauf, wie er mit heruntergelassener Hose auf dem Klo sitzt und liest. Die Stickerei war dreifarbig, eine Farbe für Papa, eine für die Hose, eine für die Zeitung. Papa sah auf dem Beutel aus wie im Leben, nur daß er, anders als in Wirklichkeit, mit Glatze dargestellt war, wahrscheinlich aus Rache. In den Beutel steckten sie Zeitungspapier, kleingeschnitten mit dem großen Küchenmesser. Die Zeitungen zerschnitt Opa, aber nur solche, die Papa schon ausgelesen hatte. Das alles habe ich in dem Hausaufsatz »Unser Leben auf dem Klo und anderswo« beschrieben. Mama sagte: »Was ist das bloß für eine Schweineschule, der nichts heilig ist, entsetzlich!« Ich antwortete: »Als ob ich gefragt werde!«

Mama stieg auf die Fensterbank, einen Lappen in der Hand. Dort hing sie über dem dreistöckigen Abgrund und putzte die Scheiben. Drinnen schrien alle, Opa wollte sie an den Beinen festhalten, eine Tante fiel in Ohnmacht. Papa fragte: »Mußt du dich so hinaushängen beim Fensterputzen!« Mama sagte: »Ich muß!« Mama machte Tomatenmark in einem großen Topf, in dem sonst die Wäsche gekocht wurde, das Zeug brodelte. Mama stand auf einem Hocker und rührte mit einem langstieligen Holzlöffel darin herum. Der Onkel sagte: »Und was, wenn sie in den Topf fällt!« Der Brei warf furchterregende Blasen, verkleckste die Wand und verbrühte die Hausbewohner, auch die entfernten. Mama sagte: »Ich kann nichts dafür!« Das Leben steckte voller Gefahren.

Mama brachte ein Huhn mit nach Hause, das ein großes Spektakel veranstaltete und in der ganzen Wohnung Federn ließ. Eine Zeitlang zerrte ich das Huhn an einer Kordel hinter mir her, dann packte Mama es an den Flügeln und schnitt ihm über der Klosettschüssel den Kopf ab. Mama zog die Spülung, das kopflose Huhn schüttelte sich in einer Ecke und bespritzte Mamas Pantoffeln mit Blut. Das war schrecklich und auch lustig. Mama befahl: »Die Gardinen müssen gereckt werden!« Die Gardinen waren frisch gewaschen und noch nicht ganz trocken, Opa und der Onkel packten sie an den Enden und zogen daran bis zur Erschöpfung. Mama sagte: »Mir ist nicht damit geholfen, daß ihr sie in Stücke reißt!« Opa rief: »Wie auf einem Segelschiff!« Mama erwiderte: »Besser würde ich alles allein machen, obwohl ich nicht so kräftig bin wie ein Mann!« Mama zog Strudelteig aus, die Teigblätter waren groß und breiteten sich über mehrere Stuhllehnen, die Luft zitterte, man hörte ein Geräusch von alldem. Mama hängte Papas Hemden im Bad auf. Von oben, von den nassen Ärmeln, tropfte es wie im Regen, Opa fragte: »Soll ich etwa mit dem Regenschirm aufs Klo gehen!« Mama stellte Gläser mit Eingemachtem auf das Klavier Marke »Bezndorfer«. Die Gläser waren in Wollschals gepackt, damit sie nicht zu schnell abkühlten, das Klavier bekam in der Mitte eine Delle. Mama trocknete junge Bohnen auf alten Zeitungen, es raschelte hoch oben auf den Schränken. Mama schnitt Suppennudeln für drei Monate im voraus, die Nudeln breitete sie auf den Betten aus, zum Trocknen. Vater rief: »Wie lange soll dieser Kriegszustand noch dauern!« Der Onkel sagte: »Ich baue uns Stelzen, damit wir durchkommen!« Ich fragte: »Sind wir denn im Theater!« Mama sagte: »Eines Tages werdet ihr mich suchen, aber dann hänge ich auf dem Dachboden!« Opa fragte: »Warum!« Mama antwortete: »Weil mir hier alles zuviel wird!«

Mama aß Krautwickel, ein Kohlblatt blieb ihr im Hals stecken. Sie begann zu röcheln, mit den Armen zu fuchteln, aber schließlich schluckte sie es doch hinunter. Nachher erzählte sie: »Ich stand schon mit einem Bein im Grab, um ein Haar wäre ich vor aller Augen gestorben!« Opa sagte: »Na so was!« Sie fuhr fort: »Das ist aber nichts im Vergleich zu damals, als man mich ins Wasser stieß, von hinten!« Dann sagte sie: »Zum Glück war da ein rabiater Seemann, der mich packte und fragte, ob ich überhaupt schwimmen könne!« Mama erzählte gern entsetzliche Geschichten aus dem Leben, fremdem wie eigenem, aber sie fügte immer eine weitere hinzu, eine noch entsetzlichere: »Als ich einmal fast aus der Straßenbahn gefallen wäre, riß mich ein Professor so kräftig an sich, daß mir alle Nähte platzten!« Die Tanten sagten: »Du Glückliche!« Opa sagte: »Lernt nur weiter aus den schlechten Beispielen des Lebens!« Mama zeigte auf den Kalender der kaufmännischen Jugend an der Wand: »Hier steht alles, schwarz auf weiß!« Im Kalender waren Papas nüchterne Tage angekreuzt, die Geburtstage aller Familienmitglieder sowie der Jahrestag von Mamas Treppensturz im Warenhaus »Ta-ta«. Mama behauptete: »Acht Tage schwebte ich zwischen Leben und Tod!« Sie bemaß die Zeit in acht Tagen, vierzehn Tagen und sechs Wochen, jeder dieser Zeiträume bezeichnete die Dauer irgendwelcher Krankheiten.

Mama hatte Zahnschmerzen. Sie wickelte sich Tücher um den Kopf und brüllte, wir erkannten sie nicht wieder. Opa machte das Bügeleisen heiß und preßte es Mama an die Backe. Mama verbrannte sich trotz des Schals, doch die Zahnschmerzen ließen nicht nach, im Gegenteil. Mama sagte auch: »Guckt mal, hier kommt bei mir ein Knochen raus!« Alle betasteten den Knoten an Mamas Fuß, der später verschwand. Mama sagte: »Wenn ich nur den Tag und die Stunde meines Todes wüßte, so wäre ich beruhigt!« Der Onkel entgegnete: »Ausgerechnet du, wo dich schon ein Wurm in einem Apfel aus der Fassung bringt!« Mama verkündete: »Ich habe einen Lüstling in einem Hauseingang in der Zarin-Milica-Straße gesehen!« Alle wurden still, und sie fügte hinzu: »Er hatte nur einen Regenmantel an, einen aufgeknöpften, obwohl es überhaupt nicht regnete!« Dann wandte sie sich zu mir und schrie: »Mußt du denn all diese widerlichen Dinge mithören, die nichts für kleine Kinder sind!« Ich sagte: »Ich muß!« Später sagte sie zu den anderen: »Wenn dieses arme Kind nicht hier wäre, würde ich euch jetzt von einem Film erzählen, den ich gar nicht gesehen habe!« Opa fuhr sie an: »Das muß eine Schweinerei sein!« Mama sagte: »Nein, nur daß er sich ihr mit einem verbrecherischen Blick nähert und sie daraufhin tränenüberströmt beginnt, ihre schöne Markisettebluse aufzuknöpfen!«

Mama ging ins Treppenhaus, um einem Bettler etwas zu essen zu geben, und sagte dann: »Am liebsten mag ich diejenigen, die sagen: Meine Mutter ist tot, mein Vater liegt im Krankenhaus, und ich bin verrückt!« Opa sagte: »Das sieht dir ähnlich!« Mama erklärte: »Dann merke ich nämlich, daß es Menschen gibt, die noch unglücklicher sind als wir, denen gebe ich den Paprikasch von vorgestern, den ich sonst weggeschmissen hätte!« Später fiel ihr noch etwas ein: »Wenn ich daran denke, daß man den ganzen Tag an einem verdammten Essen kocht, das man dann in zehn Minuten herunterschlingt!« Opa fragte: »Aber was möchtest du denn!« Mama sagte: »Nichts, ich beklage mich auch gar nicht, denn es gibt so viele Blinde und Behinderte und wer weiß was für Plagen, und ich bin, Gott sei Dank, gesund wie ein Fisch im Wasser!« Mama kam mit vielen Fällen von Ungerechtigkeiten und Krankheiten, die um uns herum grassierten, aber dann fand sie immer noch etwas, das uns alle aufheiterte. Papa pflegte auch weiterhin zu sagen: »Mütter sind was Heiliges!«, aber es klang irgendwie spöttisch. Die Tanten gaben mir eine Geschichte zu lesen über eine Mutter, die barfuß im Wald Reisig sammelte, bloß kamen dann Wölfe und rissen sie in Stücke.

## *Zwei*

Papa hatte in einem Koffer Stoffreste, die mit Ziffern gekennzeichnet waren, römischen und normalen. Diese Läppchen zeigte er verschiedenen Leuten im Kaffeehaus und sagte: »Das sind nur Muster für die Ware, die wer weiß wo steckt!« Opa sagte: »Das habe ich mir gleich gedacht!« Mama wollte aus einigen Läppchen ein Nadelkissen machen, Papa protestierte: »Finger weg von meinem Laden!« Papa trug ständig diesen Koffer mit sich herum, aber er verreiste nie. Opa sagte: »Das ist für ihn nur eine Ausrede, damit er sich mit dem schlimmsten Pöbel abgeben kann!« Einmal nahm Papa eine Kaffeetasse aus dem Koffer und warf sie auf den Boden, aber die Tasse blieb heil. Mama sagte: »Da hat der Teufel seine Finger im Spiel!« Papa erklärte: »Das ist falsches Glas, ich kann das komplette Dutzend davon besorgen, wenn man im voraus bezahlt!« Der Onkel sagte: »Wenn das nicht manch eine Glasfabrik ins

Unglück stürzt!« Opa sagte: »Wer hat schon Zeit, solchen Schnickschnack zu erfinden!« Papa handelte auch mit Töpfen, Marke »Eterna« und ähnliche. Papa bot die Töpfe an der Haustür an, im Namen der Firma »Kastner und Eler« und anderer. Dann fing er in einer Eisenwarenhandlung an, er zählte Nägel. In dem Laden gab es auch Fleischwölfe und Kästen zum Kühlhalten, genannt »Goldner«-Eisschränke, aber Papa zählte nur Nägel, Stück für Stück. Mama ging in den Laden, um ihm in einer Thermoskanne Hühnersuppe zu bringen, hinterher berichtete sie: »Der Arme, er zählt und zählt!« Später nahm sie mich bei den Händen und sagte: »Wir beide sind ganz allein!« Papa begann Fleischwölfe zu verkaufen. Er sagte: »So geht das!« Eine Kundin drehte am Griff, Papa schrie auf und schmiß die Maschine auf den Boden. Die Dame sagte: »Das habe ich nicht gewußt!« Papa kam nach Hause, zog sein Hemd aus und sagte: »Mich juckt es am Rücken!« Dort waren rote Flecken zu sehen, Mama fing gleich an zu jammern: »Man hat dich vergiftet!« Der Onkel schaute sich das an und erklärte: »Jemand hat dir einen miserablen Wein angedreht!« Papa sagte: »Früher waren die Getränke billiger, aber auf keinen Fall schlechter!« Papa stand in der Waschschüssel, er verlangte, daß man ihm die Hühneraugen schnitt. Mama ging in die Hocke und begann, mit einer Rasierklinge an der Haut zu schnippeln. Papa mahnte: »Mach mich nicht zum Krüppel!« Papa stand früh auf, wollte ins Bad gehen, stieß aber mit dem Fuß gegen das Tischbein und schlug sich die große Zehe auf. Blut strömte aus dem gespaltenen Nagel wie aus einem kleinen Wasserhahn. Papa nahm einen Schluck aus der Flasche mit kaustischer Soda, er dachte, es sei Bier. Papa spuckte das Gift aus, fluchte, auf dem Parkett blieb ein weißer Fleck. Papa passierte nichts.

Alle verstanden sich darauf, irgendwelche Dinge im Haus zu reparieren, Papa reparierte die gefährlichsten. Der Onkel sagte: »Ich sehe noch kommen, daß dich auf der Stelle der elektrische Schlag trifft!« Papa guckte von der obersten Leitersprosse herunter und sagte: »Gebt mir die Kneifzange und macht euch weiter keine Gedanken!« Mama sagte: »Wenn ich gewußt hätte, daß ich dir alles zureichen muß, hätte ich es auch selbst machen können!« Mama fand Papas Anzug ordentlich zusammengelegt vor dem Badezimmer. Sie heulte sofort los: »Bestimmt hat er sich eingeschlossen und sich mit dem großen Messer den Bauch aufgeschlitzt!« Opa sagte: »So ein Glück haben wir nicht!« Die Badezimmertür war nicht abgeschlossen, Papa saß in der Badewanne, las Zeitung und pfiff vor sich hin. Ich kam, um ihn zu sehen. Mama schimpfte: »Warum schließt du dich nicht ein vor dem Kind, nackt wie du bist!« Papa fragte: »Soll ich vielleicht im Anzug baden!« Papa war fortgegangen, um Fleischwölfe zu verkaufen, der Hausbesitzer kam und sagte: »Ich möchte die Wasserinstallationen prüfen!«, versuchte aber gleich, Mama am Arm zu berühren. Sie sagte zu ihm: »Weg da, was fällt Ihnen ein!« Der Hausbesitzer sagte: »Was wäre schon dabei!« Dann wandte er sich an Opa und sagte: »Verzeihung, Herr Papa!« Mama packte sich einen kleinen Gummisack voll heißem Wasser ins Bett und sagte: »Soll mich wenigstens die Flasche wärmen!«

Papa kam nach Hause und sagte: »Schon wieder bügelst du, wo du doch Zahnschmerzen hast!« Mama antwortete: »Weil du immer diese verdammten weißen Hemden tragen mußt, in deinem Gaunerladen!« Papa nahm das Bügeleisen, das heiße, und warf es durchs Fenster in den Hof. Dann öffnete er eine Flasche Bier, inländisches Erzeugnis, der Deckel sprang hoch, Papa sagte: »Das ist schon besser!« Opa sah aus dem Fenster und sagte zu uns: »Er hätte glatt den Hausmeister umgebracht!« Papa stützte sich auf zwei Stühle und stemmte die Beine in die Höhe. Opa fragte: »Warum gehst du nicht zu einer Zirkustruppe!« Ich rief: »Es lebe der Zirkus Klucki!« Der Onkel belehrte mich: »Der ist auf dem Ozean abgesoffen!« Papa sagte: »Der Sokol-Bruder Prohaska hielt einen Vortrag über die Freiheit, und dann übte er eine halbe Stunde am Reck!« Opa sagte: »Denen sollte man den Hintern versohlen, daß ihnen Hören und Sehen vergeht!« Der Onkel fügte hinzu: »Auch ich habe eine Rede politischer Natur gehört, aber der Redner zeigte dauernd seinen nackten Hintern, und das war mir unverständlich!« Mama stellte fest: »Das alles sind große Männer, Schöpfer der Menschheit!«

Papas Kollege eröffnete ein Gummiwarengeschäft. In dem Geschäft gab es Badeschuhe, Bälle, Luftballons und andere Sachen. Mama sagte: »Bestimmt gibt es auch diese Dinger, die man in einer Zigarette versteckt, so daß sie einem später vor der Nase explodiert!« Opa wurde ärgerlich: »Daß der sich nicht schämt, solche Schweinereien zu verkaufen!« Sie brachten mich frühmorgens hin, ich sollte der erste sein, der Ehrenkunde. Man bot mir einen Schwimmring, eine Miki Maus aus Kautschuk und Ping-Pong-Bälle an, ganz kleine. Ich entschied mich für einen künstlichen Scheißhaufen, aus Gummi. Sie packten den Scheißhaufen ein, schüttelten mir die Hand und erklärten: »Das Geschäft ist eröffnet!« Später legte ich das Ding auf den Teppich, die Tanten, die gerade den Professor verabschiedet hatten, sagten entsetzt: »Wer hätte gedacht, daß der Herr Professor so etwas tun würde!«

Meine Stimme begann sich zu verändern. Opa drehte

sich um und fragte: »Wer spricht denn da!« Mama sagte: »Sobald er aus dem Stimmbruch heraus ist, kriegt er Gesangsunterricht!« Der Musiklehrer sagte: »Das ist noch immer Sopran!« Eine Zeitlang hatte ich alle Stimmen, danach nur einige. Mir wuchsen die Beine, die Arme, überhaupt die Knochen. Mama sagte beim Mittagessen zu Papa: »Du solltest ihn endlich aufklären, ich als Frau kann das nicht!« Der Onkel sagte: »Das hieße Wasser in die Donau schütten!« Ich ging aufs Klo, Mama drängte Papa, mit mir zu gehen. Sie sagte zu ihm: »Sprich mit ihm von Mann zu Mann!« Papa schaute mir beim Pinkeln zu und sagte: »Das ist nichts Schlimmes, das ist alles natürlich!« Ich sagte: »Ich weiß!«

Papa kam im Morgengrauen nach Hause und ging sofort unter die Dusche, dort blieb er lange. Dann erschien er, schön angezogen und sehr heiter. Mama sagte: »Wenn du erst diesen schwarzen Tee getrunken hast, wirst du munter sein wie ein Fisch im Wasser!« Opa drohte Papa: »Über dein Benehmen sollte man sämtliche Familienangehörigen per Rundbrief in Kenntnis setzen, sogar die entferntesten!« Papa sagte: »Ich wollte jedem eine kleine Tafel Schokolade mitbringen, aber dann merkte ich, daß ich keinen Groschen mehr übrig hatte!« Mama flüsterte: »Mein armer Lebensgefährte, keiner mag ihn!« Papa holte aus der Manteltasche Schokoladentäfelchen mit Namen »Nestle«, legte sie nebeneinander auf den Tisch und erklärte: »Die habe ich bei der Tombola gewonnen!« In den Schokoladentafeln waren Bildchen aus dem Leben des Kapitäns Grant und anderer großer Männer. Mama ließ mir die Bildchen, die Schokolade schmolz sie zu einer großen Tafel zusammen und sagte: »Die ist für Weihnachten!« Papa kaufte Lose mit der Aufschrift »Staatliche Klassenlotterie«, auf denen ein nacktes Kind abgebildet war, in einem Haufen von Geldscheinen, ebenfalls abgebildeten. Opa sagte: »Das ist die Steuer auf die Dummheit!« Papa behauptete: »Einmal gewinne ich eine Million, und dann gehe ich nach Amerika!« Opa sagte: »Ha, ha, ha!« Opa pries Papas nüchterne Tage als die größte Sensation Europas, wiederholte Papas unanständige Sprüche, und dann verkündete er, daß Papa Schulden bei ihm habe, in Höhe von siebzig Dinar.

Papa wurde gerade damals eine kleine Kugel aus dem Knie operiert, die aus einer Flober-Pistole stammte, sie steckte dort seit seiner Kindheit. Das Kügelchen begann nach dreißig Jahren zu wandern, Papas Bein war geschwollen. Sie brachten das Kügelchen in einer Streichholzschachtel mit nach Hause, es war rauh und ganz schwarz. In der Speisekammer bewahrten sie neben Gläsern mit Pflaumenkompott auch ein Glas mit Mandeln auf, herausgenommenen, vom Onkel, aber das war wieder etwas anderes.

## *Drei*

Ich hatte ein Ruderboot fürs Zimmer. Riemen gab es keine, nur Griffe, auch hatte das Boot keinen Boden, es diente zur Entwicklung der Muskeln. Sie setzten mich auf den beweglichen Sitz und befahlen: »Rudere!« Ich fragte: »Warum!« Sie erklärten mir den Vorzug einer entwickelten Muskulatur gegenüber einer unterentwickelten und fragten: »Was möchtest du werden, so mickerig, wie du bist!« Ich antwortete: »Ich will ein Irrer werden!«

In der Diele gab es Kleiderhaken aus Hirschgeweih, an

den Geweihen hingen Mäntel. Ich fragte: »Und wo ist der Kopf!« Im Eßzimmer, in den Vitrinen, hinter Glas, lagen Schnecken, Seesterne, Seeigel, aus verschiedenen Meeren gefischt. Mama erklärte: »Das ist aus unserer wunderschönen Adria, wo ich weit hinausschwimme, selbst auf die Gefahr hin, daß mich ein Hai frißt!« Auf dem Tisch lag eine Muschel. Auf der Muschel war ein Segelboot abgebildet, das in Seenot geraten war, ein Bild entsetzlicher Naturgewalt. Wenn man die Muschel ans Ohr hielt, rauschte es. Ich fragte: »Was hört man da!« Mama antwortete: »Frag lieber nicht!«

Mama hatte einen Becher, aus Silber. Sie sagte: »Den habe ich als ersten Preis beim Čarlston gewonnen, ich tanzte wie eine Irre!« Dann fuhr sie fort: »In einer Nacht habe ich ganz neue, wunderschöne Schuhe durchgetanzt, ich wurde von Hand zu Hand gereicht!« Ich sagte: »Paja Patak hat einen Pokal beim Knödelwettessen gewonnen!« Der Onkel prahlte: »Ich habe Spielkarten, bei denen es keine Bezeichnungen gibt wie Pik und Kreuz, sondern Fotos von Schauspielerinnen, und was für welchen!« Ich fragte: »Wo sind denn die vielen Schokoladentäfelchen, die Papa mir mitgebracht hat und aus denen Mama einen Kuchen machen wollte, von dem wir dann nie etwas gesehen haben!« Mama schimpfte: »So redest du von mir, wo ich dir doch alles gönne, nie bist du zufrieden!«

Zu Hause gab es ein Stück Glas, das sie in den Topf legten, damit die Milch nicht überkochte, sowie ein sehr merkwürdiges Vorhängeschloß amerikanischer Herkunft. Das Schloß hatte keinen Schlüssel, man öffnete es mit einem Code, den Code hatten sie vergessen, und das amerikanische Vorhängeschloß war zu nichts mehr nutze. Opa fragte: »Wie kriegen wir jetzt den Holzschuppen auf!« Einige Sachen hatten wir schon immer gehabt, andere kamen von unserem Verwandten Gustav Foretson aus Detroit. In Paketen trafen kleine Entstörungsgeräte für das Radio ein, Salben gegen Pickel, sogar eine Popaj-Uniform samt Pfeife, einer verkleinerten, unechten. Mama und die Tanten fingen gleich an, sich Cremes ins Gesicht zu schmieren, ich versuchte, die Popaj-Uniform anzuziehen, sie war mir zu knapp. Mama sagte: »Das macht nichts, das ist schließlich ein Geschenk!« Papa und der Onkel begannen das Zigarettenpapier untereinander aufzuteilen, obwohl es im Paket keinen Tabak gab. Opa fragte: »Und wo bleibe ich!« Das alles war das Leben, ungerecht wie immer.

Der Onkel sagte zu mir: »Komm, wir zeichnen die Balkons!« Auf den Balkons in unserer Nachbarschaft gab es Fahrräder, alte Stühle, Angelruten, Blumen, alles unnütz und unbrauchbar. Opa sagte: »Was macht ihr denn da!« Ich antwortete: »Ich will wissen, was es alles gibt!« Ein Freund von mir hatte einen »Fotoapparat«, den er sich selbst gebastelt hatte, ein Ding aus Pappe, an dem man zog, und dann erschien drinnen eine Zeichnung. Ich wollte diesen Apparat Marke Eigenbau haben. Mein Freund wollte ihn mir ums Verrecken nicht geben, ich riß ihm die Hälfte weg, aber aus dem Rest konnte ich nicht erkennen, wie das Ganze gebaut war. Meine Hälfte warf ich später fort. Mama sagte zu mir: »Wenn du dir diesen verdammten Backenzahn, der schon ganz verfault ist, ziehen läßt, bekommst du einen Hasen zum Aufziehen!« Ich wollte erst den Hasen haben, später sagte ich: »Ich laß mir den Zahn nicht ziehen, der tut gar nicht weh!« Ich zog den Hasen auf, der sprang Opa von hinten an. Opa schrie: »Was ist das, zum Teufel noch mal!« Der Onkel zog das Grammophon auf, das hieß »Hizmastervojs« und hatte an der Seite einen Trichter. Mama holte ihre Maschinen aus der Küche und stellte sie nebeneinander auf den Tisch. Alle hatten eine Kurbel und glänzten sehr. Mit diesen Maschinen mahlten wir Kaffeebohnen, Mohn, Nüsse. Mama sagte oft: »Ich habe alles!« Papa hatte ein Maschinchen zum Schärfen von Rasierklingen, ebenfalls mit Kurbel. Es gab eine Maschine für die Frikadellen, den sogenannten Fleischwolf, auch sehr gut. Opa warnte Papa: »Paß auf deine Finger auf!« Manchmal kurbelten wir alle gleichzeitig. Das war nicht zum Aushalten. Wir hörten berühmte Rundfunksender wie Zagreb, London und Berominster. Der letztere war der beste, Radio-Berominster meldete ständig Brände, Flugzeugabstürze und anderes Gemetzel, deshalb war er auf der Skala mit rotem Tintenstift markiert. Ich fragte: »Wozu braucht man alle diese komischen Geräte, das Einweckglas Marke ›Reks‹, die Brennschere und den Irrigator!« Die Tanten riefen sofort: »Heute ist wunderschönes Wetter, nicht wahr!« Und das war es auch.

## *Vier*

Der Onkel machte Pralinen und tat ein Abführmittel hinein, genannt »Darmol«, wahrscheinlich deutscher Herkunft. Der Onkel behauptete: »Die sind lecker, probiert mal!« Bald hielten wir uns alle die Bäuche, der Onkel verteidigte sich: »Das habe ich nicht gewollt, Ehrenwort!« Ich versuchte, Seifenblasen zu machen. Opa fragte: »Und womit soll ich mich rasieren!« Ich faltete Flugzeuge aus Zeitungspapier. Papa schrie: »Die habe ich noch nicht ausgelesen!« Dann formte ich eine Schlange aus Plastilin. Mama sah die rotäugige Schlange und fiel prompt in Ohnmacht, ohne darauf zu achten, wohin. Auch die Tanten fielen ab und zu in Ohnmacht, wegen aufregender Szenen in ihren Büchern, wegen der Hitze, manchmal auch aus lauter Traurigkeit. Der Onkel fiel auch einmal in Ohnmacht, zufällig, als er vom Hocker kippte. Der Onkel bekam eine Gehirnerschütterung, aber später konnte er sich an alles erinnern. Papa fiel in Ohnmacht, als man versuchte, ihn mit Essig nüchtern zu kriegen. Opa blieb immer auf den Beinen und schimpfte: »Schluß mit diesen Albernheiten!« Ich wollte auch in Ohnmacht fallen, aber es klappte nicht.

Statt dessen bekam ich Klavierunterricht bei Frau Aladrović-Suhomirska. Ich spielte *Im Kloster* von Rahmanjinov, den *Tanz der Zwerge* von Grig und ein Liederpotpourri mit dem Titel *Nach Belieben.* Frau Aladrović-Suhomirska war stocktaub, aber mit Blick auf die Tasten konnte sie erkennen, worum es ging. Sie zählte: »Einecke, zweiecke, dreiecke, vier« und klopfte dazu mit einem Stöckchen. Gelegentlich, ihrer inneren Stimme lauschend, schlief Frau Suhomirska ein. Ich ging dann sofort zum Finale über, des Weckens wegen.

Die Tanten warnten: »Vorsicht, eine Fledermaus!« Alle warfen sich zu Boden, nachher stellte sich heraus, daß es nie eine Maus gegeben hatte. Mama bemerkte: »Man hat immer Unannehmlichkeiten mit irgendwelchem Ungeziefer, mit aufdringlichen Hausbesitzern oder mit Händlern, die einem völlig unbrauchbare Töpfe andrehen wollen!« Opa fragte: »Warum macht ihr solchen Gaunern überhaupt die Tür auf!« Die Tanten antworteten: »Woraus sonst würde unser Leben bestehen, das ist doch wenigstens aufregend!« Opa sagte: »Fragt sich, für wen!« Da rannte ich mit dem Kopf gegen die Tür, das Blut lief aus der Platzwunde direkt ins Auge. Mama schrie: »Du bist von der Straßenbahn überfahren worden!« Ich spielte am Primuskocher herum, eine Flamme schoß hoch und verbrannte mir die Finger. Ich hielt die Hand unter den Wasserstrahl, davon schwoll alles an. Der Onkel fotografierte mich, zur Erinnerung, auf dem Foto sah man meinen Finger durch den Verband vergrößert. Mama fragte mich: »Warum bist du nur kein Mädchen!« Mama zerbrach eine große Schüssel mit Schneenockerln, die Nockerln glitten über das Parkett wie kleine Wolken. Der Onkel trug sein Fahrrad ins Haus, aber er zertrümmerte eine Scheibe an der Wohnungstür. Die Tanten ließen ein Parfümfläschchen auf den Boden fallen. Die ganze Wohnung stank nach etwas Schrecklichem und auch Kostbarem, mit japanischem Namen. Opa ließ einen Teller fallen, auf den Gondeln aufgemalt waren, Wasser, Menschen, überhaupt Venedig. Opa fluchte: »Verdammt noch mal!« Mama jammerte: »Besser wäre ich gestorben!« Ich lief auf die Straße hinaus, mit Rollschuhen, und stieß gleich eine dicke Frau von hundertzwanzig Kilo um.

Papa hatte ein Sokol-Hemd, vollbesetzt mit Knöpfen. Ich schloß mich auf dem Klo ein, zog das Hemd an und begann mit dem Zuknöpfen. Die Ärmel waren steif; als ich bis zur Hälfte gekommen war, rutschten sie herunter, meine Hände verschwanden darin. Ich bekam Angst. Draußen fingen sie an zu schreien und zu klopfen, der Onkel trat mit dem Fuß die Tür ein. Papa kam mit einer Schere und schnitt das Hemd in Stücke. Die Tanten weinten. Mama sagte: »Uns ist nicht zu helfen!« Der Tante, der jüngeren, wurde bei einer anderen Gelegenheit das Kleid zerschnitten. Sie bekam plötzlich Krämpfe unbekannter Art, taumelte und atmete schwer. Im Fieberwahn erwähnte sie Namen von Inseln, die es gar nicht gab, sowie einen anderen, männlichen. Mama sagte: »Das muß sie irgendwo aufgeschnappt haben!« Gegen Abend, als man ihre Arme nicht mehr bewegen konnte, nahm Mama eine Rasierklinge und zerlegte vorsichtig, an den Nähten entlang, das Kleid in seine ursprünglichen Bestandteile. Papa hielt im Schlaf einen Vortrag über die Sokol-Organisation, Opa sprang aus seinem Bett und brüllte: »Ich rufe jetzt die Feuerwehr!« Der Onkel wachte aus dem Mittagsschlaf auf und fragte einen nach dem anderen: »Habe ich vielleicht etwas ausgeplaudert!«

Die Gläser in der Vitrine klirrten, der Lüster schaukelte. Opa rief: »In den Türrahmen!« Wir standen alle aneinandergepreßt in den Türen, bis das Erdbeben vorüber war. Der Onkel sagte: »Das muß in der Türkei gewesen sein, dort gibt es jetzt sicher massenhaft Tote!« Das Haus bebte noch viele Male, aber hauptsächlich wegen der vorbeifahrenden Straßenbahn. Der Onkel stieg auf die Klobrille, rutschte aus und zertrümmerte mit dem Fuß die Klosettschüssel. Sein Fuß war blutig und voll Scheiße. Opa sagte: »Weil er sich nicht wie jeder normale Mensch hinsetzen will!« Der Onkel ölte die Nähmaschine Marke »Gricner«, die Nadel fuhr ihm durch den Zeigefinger. Ich bejubelte den Sieg des Sportklubs »Jugoslavija« über den Prager »Sparta« und sprang auf den Herd, den noch nicht abgekühlten, obwohl ich barfuß war. Wir alle lagen da und stöhnten, Onkels Finger und meine Fußsohlen zierten Verbände. Wir hatten auch Kakerlaken. Mama lief mit einem Pantoffel in der Hand in der Küche herum und erledigte sie mit grausamen Schlägen. Es kamen Leute, vertrieben uns aus der Wohnung und sagten: »Nehmt alles Eßbare und

Trinkbare mit!« Dann versprühten sie Gift, aber die Kakerlaken kamen wieder. Einmal mußten wir alle das Ofenrohr festhalten sowie ein Tuch, das um das Ofenrohr gewickelt war, damit der Ruß nicht herauspuffte, während der Kamin geputzt wurde. Auf einem Feld außerhalb der Stadt zündeten sie einen künstlichen Turm aus Holz an und riefen dann die Feuerwehr, aber als die anrückte, war alles schon niedergebrannt. Sie spritzten den verkohlten Turm naß und stimmten dann die Nationalhymne an oder so was Ähnliches. Mama sagte: »Immer und überall kommen wir zu spät!« Dann spendierte sie mir ein Eis Marke »Tuti-Fruti«, sehr grün. Mama sagte: »Du brauchst nicht das ganze Hörnchen aufzuessen, das der widerliche Eismann mit seinen Drecksfingern angefaßt hat!« Zu uns kam auch eine Schneiderin. Sie saß den ganzen Tag an der Maschine, die surrte, Opa beschwerte sich: »Bei dem Krach kann man nichts mehr hören!« Die Schneiderin breitete am Abend Mamas Bluse aus, die gerade fertiggenähte, und setzte sich zum Abendessen an Opas Schreibtisch, ihren Teller tauchte Mama später in kochendes Wasser und sagte: »Wer weiß, ob sie gesund ist!« Ich kriegte Mumps, eine nicht so gefährliche Krankheit, aber trotzdem. Ich traf eine Tante mit einem Löffel ins Auge. Das Auge wurde blau, ich versprach: »Nie wieder!« Sie kauften einen neuen Lüster, zerbrachen ihn aber beim Aufhängen. Um sich zu trösten, nahm Mama den Fleischwolf, aber sie machte damit etwas ganz anderes, nämlich Plätzchen. Wir gingen ein paarmal zum Bahnhof, um Verwandte abzuholen, manchmal kamen sie, meistens aber nicht. Mama erklärte: »Sie sind in Kur!« oder so ähnlich, wohin wir nie gingen. Ich stieg auf die Fensterbank und schmiß Sofakissen auf die Straße. Ein Polizist sammelte sie ein und brachte sie herauf. Der Polizist fragte:

»Herr Ćosić, gehören die Ihnen!« Abends starrte Papa zum Fenster im Haus gegenüber, dort zog sich eine Frau aus. Dann löschte sie das Licht, Papa sagte: »Verdammt!« Ich erklärte: »Das ist das Leben in der Familie!«

Der Onkel verkleidete sich. Er zog ein altes Kleid von Mama an, in das Kleid stopfte er verschiedene Lappen, ziemlich schmutzige, dann schminkte er sich das Gesicht und überraschte uns während des Mittagessens. Opa ließ vor Schreck seinen Teller fallen. Mama schmierte sich später die amerikanische Tages- und Nachtcreme ins Gesicht. Ich band mir Papas schwarzes Haarnetz mit den Initialen um den Kopf. Die Tanten machten sich ihre Frisuren selber, indem sie ihre Locken auf kleine Stücke Zeitungspapier wickelten. Papa rasierte sich aus Versehen den halben Schnurrbart ab. Opa schaute uns nur an und fragte: »Wer sind diese Leute!«

## *Fünf*

Der Onkel brachte eine Freundin mit, eine mit Brille. Alle begannen gleich, sie aufzuziehen. Sie fragten: »Was magst du am liebsten!« Sie antwortete: »Eine Wurst und zwei Eier!« Papa brüllte vor Lachen, ich wußte nicht, warum. Da war ein Junge, Voja Bloša. Bloša hatte Fotos, die zeigte er für Geld. Ich sagte: »Ich brauche zwei Dinar, ich will die Fotos von Voja sehen!« Mama fragte: »Was ist da drauf!« Ich antwortete: »Ein Bruder und eine Schwester, nur daß sie nackt sind und Haare haben!« Mama keifte: »Keinen Fuß setzt du mir vors Haus!« Voja Bloša sagte: »Komm, wir verkaufen Rasierklingen!« Ich sagte: »Ich möchte lieber *Großer Van* lesen oder ein anderes Buch!« Opa warnte mich: »Du kriegst Wasser in den Knien vom vielen Lesen!« Mama bemerkte: »Besser, als daß er mit dem Fahrrad fährt, unter ein Speditionsauto kommt und tot ist!« Voja Bloša schlug vor: »Komm, wir kriechen durch die Rohre!« Die Rohre lagen auf der Straße, Arbeiter gruben sie in die Erde ein und aßen Speck mit Zwiebeln. Wir krochen lange durch die Rohre, ohne anzuhalten, Mama zeterte: »Man hätte euch lebendig in der Kanalisation begraben können!« Nachher sagte Mama: »Mein armes Kind, es hat Umgang mit nichtsnutzigen, unverschämten Bengeln!« Ich verkündete: »Ich möchte Japanisch lernen!« Mama sagte: »Ja, damit du am Ende einen Dachschaden kriegst!« Voja Bloša sagte: »Wenn wir uns Pflaster um die Augen kleben, sehen wir wie Japaner aus!« Wir nahmen Pflaster aus der Hausapotheke, klebten es so, daß wir Schlitzaugen bekamen, und platzten bei den anderen herein. Die Tanten riefen: »Da kommen sie!« Mama ließ eine große Schüssel mit Pflaumenkompott fallen, Opa sagte: »Seht ihr denn nicht, daß das die beiden Lümmel sind!« Einmal lieh ich mir von Boltek, einem Tschechen, eine Taschenuhr, aber ich machte sie kaputt. Seine Mutter kam und sagte: »Das war ein Familienandenken, aus Brno!« Opa fragte: »Wovon redet die!« Ich sagte: »Ich weiß nicht!« Da war ein Junge mit einer »Maschine« am Bein. Die »Maschine« bestand aus Schienen und Lederstückchen mit Löchern, sie quietschte beim Gehen. Einige Teile der »Maschine« sahen wie Schlittschuhe aus, wegen alldem hinkte der Junge ein bißchen. Ich fragte: »Warum habe ich nicht auch so eine Maschine!« Opa sagte: »Dummkopf!« Da war noch einer, der hatte ein künstliches Auge aus Glas, auch so ein merkwürdiges Ding. Einem dritten hing eine kleine Pumpe aus dem Ohr. Mein Freund Simonović Aleksandar hatte ein Loch im Hals, in dem Loch steckte eine Art Knopf. Simonović Aleksandar drückte immer auf diesen Knopf und redete, aber man hörte nur etwas wie »Kc, kc!« Mama sagte: »Das sind alles Folgen!« Ich bin früher einmal auf den Kopf gefallen, aber davon ist nichts zurückgeblieben. Mama sagte: »Dein Vater ist so oft in heiterem Zustand auf die Turngeräte gestiegen, und nie ist etwas passiert!« Ich hatte noch einen Freund, der war bucklig. Der Freund erzählte: »Mich hat meine Mutter fallen lassen, als ich klein war!« Ich tröstete ihn: »Mich auch, aber bei mir ist es gutgegangen!«

Meine Freunde waren Rahaman Aron, David Azrijel, Velimir Efri, Moric Demajo, Hajim Buli und sein Bruder Uzijel. Keiner von ihnen aß Schweinefleisch, aber alle hatten sie feine Namen. Ich verkündete: »Ich möchte auch Jude sein!« Opa sagte: »Etwas Besseres fällt dir wohl nicht ein!« Die Freunde kamen in unseren Hof, wo wir mit allen möglichen Dingen Handel trieben. Für einen Soldaten Marke »Lineol«, mit einem abgerissenen Bein, gab ich sieben Hefte aus der *Rosa Jugendbibliothek*. Opa sagte: »Da sieht man, daß das Juden sind!« Ich erklärte ihm: »Die Hefte habe ich schon ausgelesen, und den Soldaten brauche ich im Krieg gegen Voja Bloša!« In den Heften stand alles über Pegasus, das geflügelte Pferd, und auch über Bernard Palisi, den Erfinder von Porzellan durch Verbrennen seiner Möbel. Wir trieben uns im Hof herum, der ölig vom Ruß und glitschig war. In den Hof stürzte sich Ana Silović, die Frau des Messerschleifers. Sie war im Schlafrock, aber etwas geschwollen. Im Hof spielten wir Schach, Miroslav hatte rote Figuren, ungarische. Später spielten wir auch bei Miroslav in der Küche, dort roch es nach Pisse beziehungsweise nach Klo. Mama fragte: »Wie hältst du es in diesem Gestank aus!« Ich erklärte: »Für mich ist allein Schach wichtig!« Das Spiel, für das sich die Tanten begeisterten, hieß »Menšergeredihniht« oder »Čovječeneljutise«, mit keinem dieser Namen konnte ich etwas anfangen. Das Spiel bestand darin, daß kleine Holzmännchen auf einer Papptafel im Kreis rannten, dies machten wir mit Hilfe von Würfeln. Ich gewann bei diesem Spiel nie, sie neckten mich und sagten: »Geh ins Bett, Kleiner!« Mama liebte es über alles, bei Preisausschreiben mitzumachen, sie sammelte immer die Etiketten von Flaschen oder Schuhcremes und schickte sie an irgendwelche Adressen. Mama machte auch bei einem Ratespiel mit, erster Preis »Sommerfrische in Sušak«, aber sie erhielt nur den dritten Preis beziehungsweise fünf Schachteln Waschpulver Marke »Radion«. Da sagte sie: »Ich bin auch mit wenig zufrieden!« Es klopfte an der Tür, und jemand rief: »Gnädige Frau, machen Sie auf, ich komme von Ihrem Herrn Gemahl!« Mama fragte: »Und wie heißt mein Herr Gemahl!« Die hinter der Tür lasen den Namen vom Türschild ab. Mama sagte: »Ich bin im Moment allein in der Wohnung mit meinem kleinen Sohn, aber ihr legt mich nicht rein, ihr Gauner!« Opa kam aus dem Keller hoch und sagte: »Eines Tages werden sie kommen und uns alles wegholen, während wir spazierengehen!« Mama sagte: »Ich weiß nicht, was es da zu holen gibt!« Wir blieben im Aufzug stecken, Mama klopfte mit dem Regenschirm gegen die Decke und rief: »Hier ist ein Kind!« Ich erschrak auch ein andermal, bei einem Film, in dem Pat und Patašon ins heiße Wasser fielen. Dann kam der Herr Professor, zeigte mit dem Finger auf mich und fragte: »Zuckt er im Schlaf!« Mama antwortete: »Ja, er zuckt!« Er erklärte: »Das kommt von der verfrühten und übertriebenen Teilnahme an einem spannenden Spiel!« Papa zerriß sofort die Papptafel von »Menšergeredihniht«.

Wir sahen uns zwei Filme mit Dina Derbin an, im ersten wurde sie geköpft, im zweiten knutschte sie mit einem Mann in einem Sessel, ich fragte: »Wie kann eine geköpfte Frau so was tun!« Mama drehte sich in der Dunkelheit zu mir um und fragte: »Schläfst du denn nicht!« Als wir aus dem Kino gingen, wischte sie sich mit einem Taschentuch die Augen und sagte zu mir: »Ein Glück, daß du noch ein Kind bist!« Ich sah einen anderen Film über das Leben eines Hundes mit dem blöden Namen Krambambuli. Der Film war schrecklich doof und genauso traurig. Einmal kamen wir in ein Wartezimmer, Mama sagte zu mir: »Schau dir die Illustrierten an, die du nicht verstehst, sei brav und warte, bis der Onkel Doktor die Mama untersucht hat!« Alle möglichen Leute erkundigten sich, wie ich heiße und ob ich brav bin, das dauerte sehr lange. Beim Schuster stritt Mama wegen irgendwelcher Schuhe und sagte zu mir: »Nie halten sie ihr Wort!« Wir saßen auch anderswo herum, Mama strickte an einem Pullover und sagte: »Das ganze Leben vergeht mit Warten!« In all diesen Zimmern stank es, und viele Menschen flüsterten. Mama schärfte mir ein: »Rühre nichts an, das sind Patienten!« Einer Verwandten von uns schlitzten sie den Bauch auf und holten einen zwei Kilo schweren Stein heraus. Die Tanten gingen zur Mandeloperation, kamen aber gesund zurück. Eine Etage unter uns lag Anica im Sterben, man hörte sie ständig husten und etwas rufen. Mama machte das Fenster zu. Später sagte sie: »Daß mir keiner je auf die Idee kommt, einen Hund oder eine Katze von der Straße mitzubringen, das ertrage ich nicht!« Die Tanten lasen aus dem Kaffeesatz und sagten: »Ein Offizier, der mit uns nicht verwandt ist, wird uns ein

Paket bringen, oder es steht eine Nachricht ins Haus!« Am Abend betrachteten wir das Polarlicht in Form einer großen roten Wolke und danach den Probeangriff aus der Luft mit Sirenengeheul und Flugzeugen, die gar keine Bomben abwarfen. All das habe ich später geträumt. Ich träumte auch davon, daß meine Beine mit einer großen Kette gefesselt waren, sowie von einem Auto, das mich später überfuhr. Der Herr Professor sagte: »Du solltest nicht so oft ins Kino gehen!« Opa sagte: »Da haben wir's!«

## *Sechs*

Mama schlug vor: »Wir sollten uns fotografieren lassen und die Bilder an unsere Verwandten schicken, die Gott weiß wo leben!« Mama und ich kamen in ein vollkommen dunkles Zimmer, der Fotograf befahl: »Bitte recht freundlich!« Mama erläuterte: »Das ist für die Tante in Amerika!« Wir hatten auch früher schon Fotos gehabt. Auf einem war Papa mit Spazierstock und Hut, er sah viel älter aus, wie er so an einem Bankgebäude vorbeispazierte. Sie bewahrten ein Bild von Mama auf, wie sie mit dem berühmten deutschen Gerät namens »Šnekestn« Sahne schlägt, das war in einem Garten. Wichtig war auch das Foto, auf dem ich Eis esse, es war auf der Straße aufgenommen. Mama seufzte: »Die schönen alten Zeiten!« Auf den Fotos der Verwandten hatte ich mit einer Nadel alle Augen ausgestochen. Nachher sagte ich: »Woher kommen diese Löcher!« Die Tanten sammelten Fotos von völlig unbekannten Leuten, die mit uns nicht verwandt waren. Opa fragte: »Was sind das für Halunken!« Die Tanten riefen entsetzt: »Halunken!« Dann klärten sie uns auf: »Das ist Tajron Pauer, der in allen Filmen der Welt spielt!« Mama sagte: »Es wäre wirklich besser, nur Bilder unserer Verwandten aufzubewahren, die über den ganzen Erdball verstreut sind!« Der Onkel protestierte: »Was nützt das, wenn wir sie nie im Leben gesehen haben!« Mama entgegnete: »Wie sprichst du von deinem Onkel, der in Pisk, Tschechoslowakei, lebt, einer unbekannten, aber existierenden Stadt!« Der Onkel sagte: »Selbst schuld!« Ich wußte, daß es Tanten mütterlicher- und väterlicherseits in Amerika gab sowie Verwandte, die nicht einmal unsere Sprache konnten und nur beim Feuerwehrorchester oder ähnlichem mitmachten. Mama sagte: »Wer würde euch sonst die Tages- und Nachtcremes schicken!« Opa sagte: »Niemand!«

Leute kamen in unseren Hof und riefen, sie wollten altes Eisen, kaputte Kochtöpfe, egal was. Opa war sofort dagegen: »Wir geben nichts!« Mama sagte: »Wenn sie mir wenigstens den Wasserhahn im Badezimmer reparieren würden!« Opa sagte: »Ausgerechnet die!« Andere kamen mit Gitarren und sangen. Die Tanten lehnten sich aus dem Fenster und warfen ihnen Zettel hinunter, auf die Zettel schrieben sie ihre unerfüllten Liederwünsche. Die Tanten schrieben: »Es fällt mir schwer, Dich zu vergessen!«, das war ein Titel, und er war unterstrichen. Der Sänger unten rief: »Meinen Sie mich!« Die Tanten wurden rot. Die Tanten bestellten auch andere, unverständliche Lieder, zum Beispiel »Čupčik«, das Lied von den kahlgeschorenen russischen Sträflingen. Das alles kostete Geld. Während ich in der Schule war, knackten die Tanten meine Sparkasse in Form eines Weckers und warfen das ganze Geld den falschen Sängern in den Hof. Die Sänger kamen danach zu uns hoch und baten um ein Glas Wasser. Sie tranken das Wasser aus und sagten: »Köstliches Wasser, wir sind Studenten, lesen Sie vielleicht Marks!« Opa sagte: »Raus!« Die Tanten hielten das Ganze in ihrem Tagebuch fest, dabei weinten sie ein bißchen.

Aus der Nachbarschaft begann man, den Tanten Zeichen zu geben, ganz unterschiedliche. Ein Schneider deutete immer wieder auf sein Herz und ein paar andere Körperteile. Der Onkel erläuterte: »Er will, daß ihr runterkommt!« Die Tanten schrieben auf die Rückseite des großen Fotos von Robert Tejlor im weißen Anzug: »Heute geht es nicht!« Der Schneider von gegenüber bügelte noch ein wenig an einem Ärmel und machte dann wieder seine Zeichen. Mama sagte ängstlich: »Daß uns nur niemand sieht!« Opa sagte: »Es ist höchste Zeit, daß man eine Razzia auf diese Lüstlinge macht!« Ein Tanzlehrer kam damals zu uns und erklärte: »Ohne Slofoks ist der moderne Mensch undenkbar!« Opa fuhr ihn an: »Das wollen Sie mir erzählen!« Der Tanzlehrer wandte sich an die Tanten und sagte: »Im Ernst, er wird Sie begeistern!« Der Tanzlehrer behauptete, er käme aus Zagreb, was gar nicht stimmte. Ein anderer Lehrer erzählte von der neuesten Blinddarmoperation mittels Hypnose, bei der einem gesagt wird: »Sie liegen in einer warmen Badewanne und nicht, wie Sie glauben, auf dem Operationstisch!« Mama behauptete: »Das hat er aus einem ordinären Schundroman und nicht aus einem medizinischen Buch!« Zu Mama kam auch Herr Miler, einer von uns, mit deutschem Familiennamen, immer glatt gekämmt. Herr Miler hustete ständig, bot aber gleichzeitig an, uns zu fotografieren, kostenlos. Mama fragte Papa: »Kann man sich durch diese Fotos anstecken!« Herr Miler fragte: »Wünschen Sie ein Foto mit Ihrem Sohn oder mit Ihren Schwestern!« Mama entschied: »Lieber mit den Schwestern!«, aus gesundheitlichen Gründen. Ein Mann kam, der Patentschlösser anbot: »Die schließt keiner mehr auf, nicht einmal ich selbst!« Die Tanten zitterten: »Schon wieder der!« Mama beruhigte sie: »Was soll er uns schon tun, wir haben das Haus voller Männer!« Die Tanten erzählten zum wiederholten Male von dem Film, in dem ein kräftiger Seemann zu einem Mädchen sagt: »Zieh dich aus bis auf die Haut!« Dann sagten sie, wie der im Film gesagt hat: »Danke, ich wollte nur einmal gucken!« Das alles wurde im Halbdunkel erzählt. Unsere Nachbarin, Frau Darosava, behauptete: »Das Bein von der Reklame für Kajzer-Strümpfe ist meins, sehen Sie selbst!« Sie wollte uns gleich ihre Beine zeigen, sie roch immer nach Schimmel und nach etwas anderem, Unbekanntem, aber Süßem. Mama sagte: »Mein Gott, was es nicht alles gibt auf der Welt!« Papa sagte: »Andere Sorgen hast du nicht!« Sie sagte: »Nein, das sind alles Menschen, bei jedem fließt Blut unter der Haut!« Opa warf ein: »Mir reicht es schon mit euch, was gehen mich andere Leute an!«, und Papa sagte: »Ein Glück, daß sie sich gegenseitig bekämpfen wie die Bestien!« Anica, die eine Etage tiefer hustete, starb später, von dort kamen neue Gerüche, etwas wie Pfefferminzbonbons. Das alles war sehr ansteckend, aber auch aufregend. Opa sagte: »Das ist das Leben!« Die Tanten seufzten, dann sagten sie: »Wie viele Frauen waren in unserem Alter schon berühmt!«

Die Prinzessin Marta Bibesko schrieb eine rührende Chronik: *Marija, Königin der Serben.* Mama hatte sie gelesen und sagte: »Ich möchte ihr einen Dankesbrief schreiben!« Es gab auch einen Nanić Boško, den man einen »nationalen Illusionisten« nannte, er arbeitete mit einer

Artistin zusammen. Opa sagte: »Ich habe das Zirkusvolk satt!« Der Luftfahrer Djovani Djuzepe flog auf einem Ding, das er »Luftball« nannte, später fiel es auseinander. Opa sagte: »Recht geschieht allen Lügnern!« Da war auch Herr Dragutin Tafanek, der zusammen mit Klein-Mara auftrat, und Herr Bakić mit seiner Gruppe rein serbischer Turner. Papa sagte: »Das sind Kerle!« Da waren die Herren Alkalaj und Debicki, berühmte Sokol-Helden. Papa behauptete: »Das sind meine Kameraden!« General Pavličenko, ein Kubankosake, erzählte nach einer Wohltätigkeitsveranstaltung von den schrecklichen Augenblicken seines Berufs. Die Tanten baten Papa: »Lade ihn ein, damit er uns zur Balalajka und zu anderem singt!« Herr Dragutin Hart, der staatliche Scharfrichter, gab die hundertste Erhängung seiner Laufbahn bekannt. Der Onkel gestand: »Die möchte ich gerne mit eigenen Augen sehen!« Filip Morton startete einen seiner berühmten Ausverkäufe, worüber er auch das Handbuch *Unerhört preiswert!* veröffentlichte. Mama sagte: »Ich kaufe am liebsten in den Ausverkaufsaktionen von Morton!« Der Onkel versicherte uns: »Ich habe den amerikanischen Schauspieler Duglas Ferbanks gesehen, als sein Zug Aufenthalt im Hauptbahnhof hatte!« Opa bemerkte: »Kein Wunder, du treibst dich ja ständig dort herum!« Herr Tadija Sondermajer flog mit seinem eigenen Flugzeug. Papa sagte: »Das ist der unerfüllte Traum meines Lebens!« Herr Ilić-Rakovački führte eine neue Art von Lungenuntersuchungen mittels elektrischen Stroms ein. Opa sagte: »Jeder findet einen Trick, um an Geld zu kommen!« Herr Slavoljub Penkala erfand das gleichnamige Schreibgerät mit Tinte, und außerdem konnte er mit dem Aeroplan fliegen, auch sehr gut. Mama sagte: »Ich habe sein Bild in der Zeitung gesehen, er sieht nach nichts aus!«

Herr Kušaković erfand Kalodont, ein Mittel zum Reinigen schmutziger Zähne. Opa bemerkte: »Na also!« Anton Dreer begann, Bier zu brauen, das er »serbisch« nannte. Opa rief aus: »Was habe ich gesagt!« Da waren noch die Gebrüder Kunevalder, Produzenten von allem möglichen. Da war Gourjorovski, Mineralwasserfabrikant. Es gab auch Talvi und Mandilović, Besitzer des neueröffneten Salons, ebenfalls serbisch. Die Tanten sagten: »Es gibt so viele davon!« Opa sagte: »Wenn das Serben sind, dann bin ich ein Franzose!« Papa meinte: »Sie gehören alle zu uns!« Mama sagte: »Nur daß man sich ihre Namen so schwer merken kann!« Da war Herr Šlomović, Hersteller verschiedenartiger Schuhe. Da war Solomon Moni Ruso, Gemischtwarenhändler. Mama sagte: »So was mag ich!« Da waren Petar Kozina, Schuhfabrikant, und Jovan Smejkal, Wurstwaren. Mama sagte: »Bei ihm ist immer alles frisch!« Da waren ferner die Gebrüder Višacki, Steppdekken für die Aussteuer, Ana Čilag, Kosmetik, Wien, Ivan Švandtner und Josif Karijo, Textilien. Papa sagte: »So ist das, wenn man Glück hat!« Der Onkel fügte hinzu: »Und was soll man erst von Djordje Vajfert sagen, dem Mann, der alles kann!« Papa pflichtete ihm bei: »Ich sah ihn bei einem Essen zu Ehren der kaufmännischen Jugend, ein Riesenkerl!« Opa meinte: »Was du nicht sagst!« Die Tanten mochten am liebsten A. Rusojevna, Hüte. Mama sagte: »Mir gefällt es nicht, wie sie die Sachen macht, wie Teller auf dem Kopf!« Wir merkten uns auch Herrn Bataveljić, Herrn Teodor Klefiš, Fleisch auf vielerlei Art, dann Ana Poluško und Darinka Prizetković, ohne Beruf. Mama sagte: »Um nichts auf der Welt möchte ich, daß mein Name durch die Presse geht, auch wenn er noch so berühmt wäre!« Es gab da auch einen Herrn Sima Konforti, einer der schönsten Namen, die ich kannte. Außerdem inserierten Herr Premović, elektrische Lüster, Herr Julijus Majnl, Kaffee und Tee, Herr Jarolimek, Linoleumböden, und schließlich Herr Šonda, Schokolade. Bei manchen dachte ich, es seien Abkürzungen von viel längeren und noch schöneren Namen. Alle diese Namen waren auf der letzten Seite der Zeitung abgedruckt, die Papa auf dem Klo am längsten las, einige standen auch auf den Firmenschildern. Opa lief wütend in der Wohnung auf und ab und fragte: »Und wir, was ist mit uns!« Der Onkel sagte: »Tikan Pavlović, der größte Boxer aller Zeiten, hat sich zusammen mit einem Frauenzimmer auf die Eisenbahnschienen gelegt!« Mama sagte: »Der ist wirklich nicht zu beneiden, obwohl er manchmal zum Kaffee zu uns kam, der Arme!« Papa fragte: »Wieso finden alle anderen den Weg zu einem besseren Leben, nur wir nicht!« Mama erklärte ihm: »Sie erfinden eine Maschine oder gewinnen beim Pferderennen oder stehlen einfach!« Opa stellte fest: »So leicht geht das!« Die Tanten sagten: »Wir wollten uns ganz dem Operngesang widmen, aber was nützt das, wo es schon Fräulein Olga Oljdekop gibt, den unübertrefflichen Mezzosopran!«

Unsere Nachbarin, Frau Darosava, sagte: »Mein Vater war General, und ich fing als Hofdame an, nur wurde ich es dann leid!« Frau Darosava behauptete, sie kenne alle internationalen Wissenschaftler, Fußballspieler, Akademiemitglieder und Könige und habe intime Beziehungen romantischer Art mit ihnen unterhalten. Opa sagte: »Von wegen, das waren lauter Schlosser!« Mama prahlte: »Auch mein Sohn geht mit Söhnen von Generälen, Salamiherstellern und anderen in die Schule!« Und dann: »Die Kinder sind alle wie kleine Lords angezogen, manche kommen mit verschmiertem Mund von ihrem Reiche-Leute-Frühstück, das aus Eiern besteht!« Opa sagte: »Das sind morsche Familien, die sich künstlich am Leben erhalten, das heißt nur durch Nahrung!« Wegen meines ausgezeichneten Gesundheitszustands bekam ich zum Frühstück Mehlsuppe mit Klumpen, ein widerliches Zeug, Mama sagte: »Auf dem Schulhof führe ich anspruchsvolle Gespräche mit diesen reichen Eltern, und alle sind angetan von den Witzen, die ich ihnen erzähle, insbesondere Herr Popović, der Salamihersteller.« Opa sagte: »Alles läßt sich einrenken, wenn man gesund ist, lange lebt und viel Geld hat!« Mama erklärte: »Das weiß ich nicht, aber ich will mich nicht beklagen, denn überall gibt es Fälle von Trunksucht, Gezänk und Ausschreitungen, und die Menschen sind trotzdem gesund und munter!« Opa sagte: »So was Treffendes hast du schon lange nicht mehr gesagt!«

Wir ließen Visitenkarten drucken, auf denen alles über uns stand, die Namen, die Adressen und andere für polizeiliche Zwecke wichtige Angaben. Mama liebte diese Kärtchen sehr, fuchtelte mit ihnen in Gegenwart anderer Frauen aus der Nachbarschaft herum und sagte: »Wir haben ständig Verpflichtungen!« Mama behauptete auch: »Es ist gut, überall Bekannte zu haben!« Opa sagte: »Als wenn die nur auf uns warteten!« Mama dachte anders darüber und fragte immer Polizisten, Ordner und andere Männer mit einer Armbinde, ob sie etwas Verbotenes tun dürfe, zum Beispiel die Straße an der falschen Stelle überqueren oder ein übergroßes Stück Fleisch zum halben Preis erwerben. Nachher prahlte sie: »Wo ein Wille ist, ist auch ein Weg!«, obwohl sie nie etwas erreichte.

## *Sieben*

Wir hatten einen Expander. Ich konnte ihn zwölfmal auseinanderziehen, Papa fünfunddreißigmal, der Onkel neunzigmal. Der Onkel konnte fünfundvierzig Zwetschgenknödel verdrücken, und das vor dem Mittagessen. Die Tanten konnten mit Buntstiften den Bleder See malen, daß er aussah wie echt, dazu den Sonnenuntergang und noch andere Dinge, alles aus dem Kopf. Ich hatte ein »Majnel und Herold«-Akkordeon, die berühmteste Marke der Welt. Ich ließ mich mit meinem Akkordeon auf einem Balkon fotografieren. Mit diesem Akkordeon deutscher Herkunft trug ich viele Schlager und andere Lieder vor, Mama band sich immer ein mit Essig getränktes Handtuch um den Kopf, das roch man. Es gab auch andere Gerüche, Erschütterungen und Ereignisse draußen, außerhalb unserer Familie. Ich sagte zu Mama: »Ich brauche nicht zu spielen, wenn du Kopfschmerzen hast!« Sie tröstete mich: »Spiel nur, die gehen sowieso nicht weg!« Der Onkel konnte eine Zeichnung anfertigen, in einem einzigen Zug. Opa fragte: »Wie das!« Der Onkel sagte: »Ganz einfach!« und zeichnete, ohne die Hand vom Blatt zu heben, Schiffe, Blumentöpfe, nackte Frauen. Papa versuchte, Tantes Profil aus schwarzem Papier auszuschneiden, so wie er es in einem Kaffeehaus gesehen hatte. Papas Hand zuckte, die Tante blieb ohne Nase. Ich schnitt Damenmodelle aus der Illustrierten *Frau und Welt* aus und ruinierte ebenfalls gewisse Teile. Der Onkel schimpfte: »Du versaust das Beste, die Titten!« Die Tanten betrachteten das alles etwas von oben herab und vollendeten zu zweit mit Hilfe von Buntstiften ihr

Lieblingsmotiv, den »Bleder See«. Opa schaute sich das an und sagte: »Es ist einfach, Berge zu malen, die sind ja alle gleich!« Ich wollte die Hausaufgabe »Freie Wahl des Themas oder Aus dem Kopf« zeichnen. Mama bat: »Laß mich das machen!« Mama wollte immer alle Hausaufgaben zeichnen, egal, wie schwierig sie waren. Mama zeichnete den »Blick vom Kalemegdan«, mit unzähligen Häuschen und ein paar Bäumchen und dann noch Schächtelchen, die Autos sein sollten. Zum Schluß fügte sie noch viele Menschen hinzu, Spaziergänger, verpatzte dann aber das Ganze mit einer Giraffe. Sie konnte sich kein Bild ohne ein Tier vorstellen. Opa schimpfte: »Laß es doch das Kind selbst machen!« Sie rechtfertigte sich: »Was kann ich dafür, daß ich so gerne zeichne!« Papa sagte: »Wenn man dahinterkommt, daß ihm das seine Mutter gezeichnet hat, kriegt er eine Sechs!« Sie sagte: »Ach was!« und bot an, mir statt der Hausaufgabe in Serbisch ein Gedicht zu schreiben. Sie sagte: »Schön wäre es, wenn du lernen würdest, Gedichte zu verfassen, dann müßte ich es nicht immer selber tun!« Opa behauptete von Mama: »Sie spricht überhaupt nicht mehr wie ein normaler Mensch!« Bei Mama klang vieles wie ein Vortrag, nur wußte ich nie, worüber. Opa fragte mich: »Hast du das gehört!« Ich sagte: »Ja!« Mama las den Tanten die Erzählung *Ein kleines Mißverständnis* vor. Die Erzählung bestand aus vielen bekannten Wörtern, aber es gab auch andere, etwas verdrehte, die keiner verstand. Es kam darin zu einer Panne zwischen einer Frau, die sich auszog, und einem, der diktierte. Der Typ sagte: »Aha, da sind Sie ja!«, dann drehte er sich um und begann, etwas über den weiblichen Körper zu diktieren und darüber, warum er besser sei als der männliche. Währenddessen zog sie sich aus, dann drehte er sich um und sagte: »Ach ja, der Bildhauer wohnt eine Etage tiefer, ich diktiere nur, aber wenn Sie schon da sind, bringe ich Sie ins Schlafzimmer!« Unser Vetter Nikola hatte ein anderes Buch, das hieß *Die Teile der Frau* und war sehr abgegriffen. Mama sagte: »Man sieht, daß es viel benutzt wird!« Nikola arbeitete in einer Schuhmacherwerkstatt. Dort hingen an einem Nagel zwei Bücher, jedes hatte eine Schlaufe. Das erste war das besagte Buch über die Frau, das zweite hieß *Der Zar und die Revolution.* Mama bat: »Borge mir das erste!« Papa sagte später: »Zeig mal her!« Sie erwiderte: »Erst will ich mich daran satt sehen!« Papa sagte: »Das kennst du doch alles!« Sie sagte: »Trotzdem!« Die Tanten lasen die Bücher *Ingeborg*, *Devajtis* und *Wenn die Seele stirbt*, lauter Sachen zum Weinen. Ich wollte *Karik und Valja* lesen, ein Buch russischer Herkunft über die Verwandlung großer Menschen in kleine. Mama warnte: »Das wird dein Ruin sein!« Der Onkel hatte ein Heftchen mit dem Titel *Wie wird man Monster in acht Lektionen.* Das alles war im Frühjahr.

Dann erschien der Comic *Zwischen Beruf und Liebe* über den furchtlosen Kommandanten eines deutschen U-Boots, der in die Tochter des englischen Konsuls verliebt war. In dem Heft gab es haufenweise Versenkungen von englischen Schiffen, Küsse und überhaupt Kriegsgreuel. Der Onkel pries ein Büchlein mit dem Titel *Die Sünderin*, ein berühmtes Werk über das Schlafen zu zweit. Mama las *Hunger* von Knut Hamsun, ein sehr lehrreiches Buch über das Magenknurren, von einem verhaßten deutschen Spion geschrieben. Unsere Nachbarin Darosava staunte: »Ihr habt so viele Bücher!« Ich sagte: »Wir haben auch ein Buch über sowjetische Piloten, das ist im Ofen versteckt, weil jetzt nicht geheizt wird!« Alle sagten: »Das ist überhaupt nicht wahr!« Die Tanten wußten alles auswendig, was sie gelesen hatten, zwischendurch schrieben sie am Rand auch Eigenes dazu. Opa bemerkte das und sagte: »Steht nicht schon genug Blödsinn in diesen Schinken!« Das geschah hauptsächlich aus Unverständnis. Alle Leute sprachen gleich, aber manches war doch anders. Das merkwürdigste Fremdwort war »Alaon«, so hieß ein Stein, mit dem Papa beim Rasieren das Blut stillte. So dachte ich auch, *Kolabrenjon* sei nur ein Wort und bezeichne eine Brosche. Der Onkel konnte Liebeserklärungen in vier Sprachen, das hatte er aus dem Handbuch *Liebe in der ganzen Welt*, mit Abbildungen. Manchmal wunderte ich mich, daß wir einander überhaupt verstanden. Einige Wörter waren ganz alt, andere völlig neu, alles ging kunterbunt durcheinander. Über viele Dinge gab es Erzählungen, Romane, überhaupt Bücher, aber im Leben war es anders.

## *Acht*

In der Schule ließen sie mich einen Ballon aufblasen, einen ziemlich länglichen. Ich nahm den Ballon mit nach Hause, Opa fuhr mich an: »Schmeiß das Dreckding fort!« Mama brachte den Ballon mit der heißen Brennschere zum Platzen. Bei uns übernachteten Gäste. Mir steckte man ein sehr mageres kleines Mädchen ins Bett. Der Onkel sagte: »Früh übt sich!« Mama entgegnete: »Wieso denn, das sind doch noch Kinder!« Das Mädchen trug Zöpfe, im Schlaf zog ich daran, Mama rief aus ihrem Bett: »Ruhe, ihr zwei!« Später ist das Mädchen abgereist. Ich erzählte Voja Bloša davon, er sagte: »Du warst ein Trottel!« Ich fragte: »Warum!« Zu uns kam Frau Eleonora aus der oberen Etage und sagte: »Meiner fünfjährigen Tochter, meiner einzigen, erkläre ich alles bis ins kleinste!« Mama protestierte: »Aber, Frau Eleonora!« Ich fügte hinzu: »Mir hat man die Wirkung russischer Panzer in den finnischen Wäldern auch mit einem Bild erklärt!« Sie sagte: »Na, sehen Sie, jedem das Seine!« Die anderen blieben stumm. Nachher tuschelten die Tanten, während sie einander Fläschchen, Medikamente und ähnliches zeigten. Ich hatte bemerkt, daß Frauen immer Geheimnisse haben, die in Döschen und anderen Dingen stecken, Opa mißbilligte das. Mama fragte in einem Geschäft: »Haben Sie weibliche Druckknöpfe!« Später brachte sie mich in einen dunklen Raum, man setzte mir eine schwarze Brille auf und sagte: »Die Hose runter!« Das alles spielte sich vor einer Lampe ab. Papa fragte, wo wir gewesen seien, und sagte daraufhin: »Höhensonne ist gesund!« Opa stellte fest: »Der heutige Stand der Wissenschaft ist beachtlich, wenn auch völlig falsch!«

Es gab eine Schule für Fremdsprachen, die sogenannte »Berlic«-Schule. Mama behauptete: »Dort treffen sich lauter feine Leute, kaufmännische Gehilfen, Flötenspieler, unglückliche Abiturientinnen ohne Angehörige!« Opa bemerkte: »Mit einem Wort, lauter Nichtsnutze!« In dieser Schule wurde von vielen geheimen Dingen gesprochen, meistens im Zusammenhang mit der Liebe oder der Politik. Eine Verwandte von uns lernte bei »Berlic« einen jüdischen Harfenisten kennen, später ist sie mit ihm nach Amerika durchgebrannt. Opa sagte: »Und mir wollt ihr Märchen erzählen!« Mama nahm sie in Schutz: »Das war Schicksal!« Es gab eine andere Schule, eine für Zeichnen, nach ihrem Gründer hieß sie »Josić«-Schule. Der Onkel erklärte: »Man holt Weiber von der Straße und malt sie nackt, eine tolle Sache!« Mutter sagte: »Das ist nicht wahr, dort werden nur Teller mit Äpfeln und sündhaft teuren Apfelsinen gemalt!« Es gab auch eine Schule für kleine Akkordeonspieler mit dem treffenden Namen »Klang«. Die wichtigste Person in dieser Schule war Herr Albin Fakin, ein slowenischer Akkordeonspieler von ziemlich kleinem Wuchs. Opa fragte: »Ist das ein Zwerg!« Die Tanten gingen zu Josić, um die besagten Äpfel zu malen, der Onkel versuchte herauszubekommen, wie der Spanischunterricht in der weiblichen Abteilung von »Berlic« vonstatten ging, Mama sagte zu mir: »Und du gehst zu den Akkordeonspielern, du bist auch nicht schlechter als die anderen!« Der Onkel wollte nicht verraten, welche Sprache er in der »Berlic« genannten Schule lernte, die sich über dem Wurstwarengeschäft von Jovan Smejkal befand. Die Tanten kamen etwas durcheinander von Herrn Josić zurück, offenbar hatte man dort die Äpfel durch etwas anderes ersetzt. Ich blieb beim Gruppenunterricht im Akkordeonspielen, wir saßen alle im Kreis um unseren Leiter Fakin herum und spielten zusammen die berühmte Naturkundehymne »Auf den Bergen scheint die liebe Sonne«. Dann begannen wir mit den Gymnastikübungen unter der Leitung von Herrn Milošević, der schielte. Wir führten nur mit Gesten und ohne Rücksicht auf die fehlenden Geräte die Nummer »Die Heumahd« auf, in bäuerlicher Kluft. Sein eines Auge auf mich gerichtet, wollte mich Herr Milošević dazu überreden, meine Tanten für die Nummer »Erntesieg« mitzubringen, da diese ohne weibliche Teilnahme gar nichts taugte. Die Tanten willigten ein, auf einmal liefen zu Hause alle verkleidet herum wie auf dem Gemälde *Flüchtlinge aus der Hercegovina*. Opa sagte: »Etwas Besseres habt ihr auch nicht verdient!«

Die Tanten beschlossen, den »Abiturkursus« zu belegen,

das war eine sehr merkwürdige Schule. Dort gingen junge Leute hin, die um jeden Preis Beamte werden wollten. Opa erkundigte sich: »Was lernt man dort!« Die Tanten antworteten: »Alles mögliche!« Die Tanten brachten ihre Freunde aus dem Kursus mit nach Hause und erklärten: »Auch wir haben ein Anrecht auf Kollegen!« Die Kollegen aßen Kartoffelzucker, tranken Kirschlikör aus Mamas Produktion, dann gingen sie dazu über, politische Witze und anderes zum besten zu geben. Die Kollegen waren ständig da, flüsterten immer irgend etwas, tuschelten und zeigten einander handgeschriebene Zettel. Zufällig kam der Herr Professor von der unteren Etage herein, einer der Kollegen verschluckte sofort ein beschriebenes Blatt. Ich fragte später: »Warum schlucken die Papier!« Mama erklärte mir: »Das ist eine Hausaufgabe, davon verstehst du nichts!« Das alles glich in der Tat einer Schule, nur einer ganz verrückten. Ein Kollege kam auf dem Fahrrad und übergab den Tanten irgendwelche Papiere, ich fragte gleich: »Müssen wir die aufessen!« Die Papiere versteckten sie in einem Spalt unter dem Parkett, das Brettchen knarrte seither. Mama erklärte mir stolz: »Wegen dem werden sie uns noch alle auf dem Terazije-Platz aufhängen!« Papa forderte uns auf, uns hinzusetzen, und sagte: »Jetzt will ich euch diese Schnulze übersetzen, die man dauernd im Radio hört, in deutschem Dialekt!« Den Blick auf den Deckenleuchter gerichtet, lauschte Papa dem Lied und sagte: »Hier geht es um ein Flittchen namens Lili Marlen, das vor dem Tor auf ihren Liebhaber, einen Feldwebel, wartet!« Mama sagte: »Gut, daß das Kind kein Deutsch versteht!« Die Tanten führten mich ins Badezimmer und erklärten: »Das deutsche Wort, das du unbedingt lernen mußt, heißt ›javol‹!« Ich fragte: »Warum!« Sie erläuterten: »Damit du es jedem

Deutschen auf der Straße sagen kannst und in Ruhe gelassen wirst!« Ich fragte, was das Wort »neunundsechzig« bedeutete, aber die Tanten wußten es nicht.

Schließlich gab es noch eine Schule, die Fakirschule. Ein junges Mädchen in einem Herrenmantel kam zu uns, nahm Verbandszeug aus der Tasche und sagte: »Jetzt werden wir lernen, wie man einen Turban bindet!« Dann begann sie Tantes, Mamas, Opas Kopf zu verbinden. Opa versicherte: »Mir fehlt nichts!« Das Mädchen mit dem Mantel blickte Opa streng an, militärisch: »Aber das sind doch echte Turbane!« Mama hatte einen lilafarbenen Turban mit einer Brosche, die man an der Vorderseite trug, das Ding aus Verbandszeug sah dem Turban ähnlich, aber nicht ganz. Der Onkel versuchte der mit den Turbanen unter den Rock zu greifen, sie sagte: »Das geht aber nicht!« Der Onkel ließ es.

Verwandte kamen zu uns, fünf an der Zahl, unter ihnen mein Vetter, ein sehr dicker Junge. Der Vetter hatte früher einmal an dem Wettbewerb der Zeitschrift *Adriawacht* um das dickste Kind Jugoslawiens teilgenommen. Der Vetter errang den zweiten Platz, unmittelbar hinter dem Kindermonstrum Arpad Rozaveljdji aus Subotica. Der Vetter war auch jetzt noch sehr dick, seine Mutter sagte: »Wir sind völlig ausgebrannt!« Mama legte Matratzen auf den Boden, die Verwandten lagerten überall, wir mußten über sie springen. Mama sagte: »Ich weiß nicht, ob ich es schaffe, für euch alle Kartoffeln zu schälen!« Sie sagten: »Wir sind zufrieden mit dem, was es gibt!« Die Verwandten saßen auf dem Balkon und blickten zum Himmel, ohne sich von der Stelle zu rühren. Opa sagte zu ihnen: »Nicht, daß ihr euch übernehmt!« Mama meinte: »Hauptsache, sie haben ihren Kopf gerettet!« Die Nachbarn sagten: »Bei euch ist es wie in einem Internat!« Opa fuhr sie an: »Na und!« Papa kam früh nach Hause, ich fragte: »Warum ist Papa nicht im Kaffeehaus!« Mama antwortete fröhlich: »Meinst du, die Feldgendarmerie ließe ihn frei auf der Straße herumlaufen!« Papa hatte Listen bei sich mit Unterschriften und Spendenbeiträgen für die Kriegswaisen, in der anderen Manteltasche hatte er einen Zettel, auf den mit Kopierstift ein fünfzackiger Stern gemalt war. Papa fragte: »Wer spendet etwas für unsere Männer im Wald!« Mama warnte ihn: »Willst du etwa deinen Kopf riskieren!« Opa beruhigte sie: »Gott schützt die Säufer!«

## *Neun*

Papa wurde festgenommen, aber wegen eines Abzeichens am Revers. Auf dem Abzeichen kreuzten sich ein Löffel, eine Gabel und ein Hammer, das Abzeichen sagte alles aus über die Metallbranche, vor dem Krieg. Sie hatten sich hauptsächlich an dem Hammer, Symbol des Widerstands, gestört, aber da der Löffel und die Gabel vom Gegenteil zeugten, ließen sie Papa wieder laufen. Sie nahmen auch andere Leute fest, immer wegen irgendwelcher Abzeichen, Anstecknadeln oder ähnlichem. Der Onkel teilte uns mit: »Sie haben auch die Baruhs abgeführt, sogar die Kinder!« Opa erklärte: »Kein Wunder, wenn man so heißt!«

Auch Papa fing an, viele kostspielige Dinge zu beschaffen, Mama fragte ihn: »Könntest du nicht dieses berühmte Medikament Acetylcholin für eine Freundin von mir besorgen, die mit den Nerven am Ende ist!« Dann sagte sie: »Besorge uns unbedingt zwei Kilo Schweineschmalz, wo immer du welches auftreiben kannst!« Schließlich sagte sie: »Bring die Dinger für Frau Darosava mit, sie möchte sie ihrem Freund zum Geburtstag schenken!« Papa fragte: »Aber wo soll ich jetzt Pariser herkriegen!« Ich sägte gerade mit der Laubsäge aus einer Sperrholzplatte einen Indianer aus, Mama flüsterte Papa ins Ohr: »Doch nicht vor dem Kind!« Voja Bloša klärte mich auf: »Das zieht man über, und dann kriegt man kein Kind!« Ich sagte: »Sicher gibt es noch mehr Erfindungen, von denen wir keine Ahnung haben!« Voja Bloša antwortete: »Glaube ich nicht!« Das Fräulein von der ersten Etage trug einen Verband am Bein. Voja Bloša behauptete: »Jede, die es treibt, trägt einen Verband!« Ich sagte: »Vielleicht ist sie hingefallen!« Voja Bloša sagte: »Von wegen!« Papa brachte einen Fisch nach Hause, der noch zappelte, Mama sagte gleich: »Den könnt ihr essen, für mich kommt das nicht in Frage wegen der Gräten!« Opa brummte: »Extrawurst!« Frau Darosava kam mit Spielkarten und erklärte: »Jetzt erfahren wir die ganze Wahrheit!« Sie begann, die speckigen Tarotkarten auf dem Tisch auszulegen, Mama sagte: »Warte, bis ich die Teller weggeräumt habe!« Frau Darosava erläuterte: »Dieser Kavalleriehauptmann, den man hier sieht, ist in Gefangenschaft geraten!« Opa sagte: »Klar!« Mama bat: »Für mich ist nur wichtig, wann mein Mann endlich vom Alkohol loskommt!« Opa fragte verwundert: »Wozu eigentlich!« Der Onkel behauptete: »Es gibt einen Mann, der alle Ereignisse in einer Lampe vorhersieht!« Opa sagte ärgerlich: »Entweder lügt er, oder er hat eine Speziallampe!« Der Onkel erklärte: »Das kostet fünfzig Dinar!« und fuhr fort: »Ganz zu schweigen von dem, der die Kraft mißt!« Opa fragte: »Wozu das!« Der Onkel antwortete: »Du brauchst nur an der gekennzeichneten Stelle auf eine

Waage zu hauen!« Opa sagte: »Als wenn ich so verrückt wäre!« Dann erzählten die Tanten die Geschichte von einer Opernsängerin und einem Häftling, der sich in einem Brunnen versteckt hatte. Da war auch ein Maler aus irgendeiner Kirche und dann noch ein Richter, ein dicker, den Richter hat die Sängerin später mit einer Schere aufgeschlitzt. Der Richter sang ebenfalls, er hieß Krsta Ivić, Mitglied des Opernensembles, den Maler nannten sie Mario und behaupteten, er sei Italiener. Damals erfand Ilze Verner das Liedchen mit dem Pfeifen, sie hatte sehr dünne Beine, aber egal. Das spielte sich in einem Film ab, den ich nicht gesehen habe, den Film hat mir Voja Bloša erzählt, in allen Einzelheiten. Ich sah mir damals gerade *Unschuld ohne Schutz* an, auch ein Film mit erstklassigen Schlägen auf den Kopf und Liebesausdrücken. Da war auch eine Frau, die Akkordeon spielte, und eine Wochenschau, in der man Eleonore Ruzvelt in der Badewanne sah. Papa brachte Zigaretten Marke »Arda« mit, bulgarische. Opa erklärte: »Lieber wickle ich mir zerstoßene Maulbeerblätter in Klosettpapier!« Der Hausmeister rauchte etwas anderes, das stank im Treppenhaus. Voja Bloša sagte: »Komm, wir versuchen es auch mal!« Ich antwortete: »Ich habe Bauchweh!« Voja Bloša sagte: »Jetzt rauchen alle!« Aber am meisten rauchte das Unternehmen »Šel« in Čukarica, das amerikanische Bomber in Brand gesteckt hatten. Das war der größte Qualm in unserem Leben und auch sonst.

# *Zehn*

Aus der Nachbarschaft kam Olgica, die Tochter des Polizeischreibers, und sagte: »Auf Anordnung meines Vaters sollen Sie uns folgende Sachen leihen!« Olgica hatte eine Liste, auf der Liste standen der Fleischwolf, der Waschtrog, die unzerbrechlichen Mokkatassen. Alle haßten wir die Listen des Polizeischreibers mit den unterschiedlichsten Haushaltsgegenständen, und genauso die Deutschen, die Urheber dieser Ausleihaktionen. Mama erklärte: »Die denken nur daran, eine Tasse Zucker auszuleihen und sie nie wieder zurückzubringen!« In unserem Leben war alles getrennt, wie in Geschäftsbüchern: nach den Sachen, die sich irgendwo in der Nachbarschaft befanden, und nach den anderen, die uns verblieben waren. Opa sagte: »Nie im Leben würde ich eine solche doppelte Buchführung machen!« Mama sagte: »Und was, wenn ich etwas vergesse!« Der Onkel baute ein Tandem. Auf dem Dachboden fand er ein altes Fahrrad, setzte noch einige Stangen dran, das Fahrrad wurde plötzlich lang. Später erklärte er: »Das ist für Liebespaare!«, aber er gab es den Tanten. Die Tanten schwangen sich auf das Tandem und stürzten kurz darauf auf den Beton, im Hof. Die jüngere Tante zerriß ihre Kajzer-Strümpfe. Opa rief: »Spielt nur lustig so weiter!« Dennoch verbreiteten sich die Tandems rasch in der Stadt, und trotz des Mißgeschicks mit den Strümpfen vervollkommneten die Tanten später ihre Beinarbeit, an den Pedalen.

Der Onkel behauptete: »Ich kann jedes erdenkliche Ding nachbauen, in verkleinerter Form!« Opa fragte: »Wer braucht das!« Mama bemerkte: »Aber umgekehrt kannst du es nicht!« Papa brachte große Schachteln voller Streichhölzer nach Hause und viel kleinere, die leer waren. Alle zusammen begannen wir, die Streichhölzer aus den großen in die kleinen Schachteln umzufüllen, genau fünfzig Stück in jede. Opa gestand: »Ich werde noch verrückt vor lauter Zählen!« Der Onkel fragte: »Können die vom Monopol das nicht selbst machen!« Papa sagte: »Aber ein paar Kröten möchtest du doch verdienen!« Mama sagte: »Was müssen wir nicht alles für unsere nackte Existenz tun!« Papa tröstete uns: »Das ist nichts Schlimmes, das ist Heimarbeit!« Später zerschlug sich das alles. Opa übernahm es, Löcher in irgendwelche Kärtchen zu stanzen. Er behauptete: »Das wird ein Geschäft mit großem Gewinn, obwohl ich nicht weiß, wozu es dient!« Papa, der ihm die Kärtchen brachte, sagte: »Stanze nur ruhig weiter!« Dann schleppten sie einen Stoß grüne Leinwand und irgendwelche Holzlatten herein, das mußte alles unter unerträglichen Hammerschlägen zusammengefügt werden. Die Nachbarn klopften an die Wände und riefen: »Wir sind doch nicht in einer Schmiede, Schluß mit dem Gehämmere, ihr Rindviecher!« Opa sagte: »Recht haben sie!« Der Onkel schlug den Tanten vor: »Ihr könntet euren Lebensunterhalt damit verdienen, daß ihr Reklameschilder für das Schaufenster eines Fotogeschäfts anfertigt!« Die Tanten malten in sehr schöner Schrift: »Was es im Schaufenster nicht gibt, bekommen Sie im Laden!«, weigerten sich aber, die faschistische Aufschrift »Viktoria« dazuzusetzen, die Pflicht war. Der Onkel sagte: »Dann kann ich euch auch nicht helfen!« Papa sagte: »Ein Schuster will, daß wir ihm aus Holzstücken Sohlen für Sandalen anfertigen!« Papa brachte einen Sack voller Holzstücke mit, die Sandalen bauten wir auf dem alten, ziemlich kostbaren Eßtisch zusammen, der

Tisch war hinterher völlig im Eimer. Der Onkel schlug sich mit dem Hammer auf den Finger und rief: »Schuster sein, das wäre das Letzte!« Die Hausmeisterin fragte: »Haben Sie diese Arbeiten angemeldet, ja oder nein!« Papa sagte: »Nein!« und schmiß sie raus. Seitdem sagte die Hausmeisterin jedesmal: »Guten Morgen, Herr Ćosić, wie geht es Ihnen!« Mama versuchte einen Hut aus Papier zu machen, aus Zeitungspapier, Opa warnte sie: »Und was machst du, wenn es regnet!« Anfangs konnte man auf Mamas Kopf Sätze lesen wie »Sewastopol gefallen!« oder »Frieden in Serbien!«, später übermalten die Tanten alles mit sehr lebhaften Farben. Opa sagte: »Schämt ihr euch gar nicht!« In der Küche mixten sie etwas in einem Topf, Mama sagte zu mir: »Gib acht, das ist Gift, oder genauer, ein Likör für die verdammten Männer, von dem sie stockbesoffen werden!« Opa fragte: »Habt ihr nichts Vernünftigeres zu tun!« Mama erwiderte: »Meinst du etwa mich!« Sie legte auseinander, was sie alles im Laufe des Tages getan hatte, und sagte: »Schon es aufzuzählen ist zuviel, geschweige denn, es zu tun!« Ich weigerte mich, die Suppe aus Mehlschwitze mit Klumpen zu essen. Mama drohte: »Eines Tages wirst du mich vermissen und mich dort beweinen, wo dich niemand sieht!« Das war fürchterlich.

Der Bäcker kam und fragte: »Wollen Sie mir beim Aufkleben von Lebensmittelmarken helfen!« Opa fing gleich an, die kleinen Schnipsel zusammenzufügen, das machte er mittels Wasser und Mehl. Ich klebte Briefmarken aus Jamajka, Neuseeland und ähnlichen Ortschaften auf, die Tanten machten weiter mit ihrer Serie *Schauspieler meines Lebens*, die von Tajron Pauer angeführt wurde, dem ewig Lächelnden. Der Onkel schaute sich die aufgeklebten Lebensmittelmarken an und erklärte: »Das könnte man leicht so hinkriegen, daß sie echt aussehen!« Opa warnte: »Das fehlte noch!« Mama wurde traurig: »Verfluchte Armut!« Der Onkel sagte: »Selbst schuld, daß ihr keine besseren Leute seid!« Opa protestierte: »Bessere Leute gibt es gar keine mehr!« Der Onkel fragte: »Und was sind das für Dandys mit Hüten und Spazierstöcken!« Opa antwortete: »Das sind Polizisten, die alles ausspionieren!« Mama sagte: »Wie kommen die Polizisten zu dieser eleganten Aufmachung!« Ich erkundigte mich: »Wo wohnen die besseren Leute!« Mama sagte: »Frag lieber nicht, sonst wirst du enttäuscht!« Ich sagte: »Der, von dem du gesagt hast, er sei ein feiner Herr, ist ein Zeichenlehrer mit zerschlissenen Ärmeln!« Mama sagte voller Nachsicht: »Das verstehst du nicht!« Mama pries wieder die Vorkriegstat des Bankangestellten, der sie am Busen gepackt hatte, als sie drohte, aus der Straßenbahn zu fallen und umzukommen. Der sie gepackt hatte, wechselte in ihren Erzählungen dauernd seinen Beruf, mal war er ein Seemann, mal ein verwegener Straßenarbeiter, im Moment war er jung, gut erzogen und sehr parfümiert. Mama sagte: »Er war ein Herr vom Scheitel bis zur Sohle!« Papa fragte: »Na und!« Der Onkel besaß das Buch *Wie benimmt sich ein Herr*, mit Abbildungen, darin waren viele Stellen unterstrichen. Opa protestierte: »Wie kann man gutes Benehmen vorschreiben!« Die Tanten sagten: »Aber das sind sicher nur bewährte Beispiele aus der gesamten Geschichte!« Opa behauptete: »In der Geschichte gibt es nur Gemetzel, Goldraub und nichts anderes!« Der Onkel bemerkte: »Seht ihr nicht, daß die feinen Herren immer Rock und Hose aus dem gleichen Stoff tragen!« Ich erklärte: »Ich habe gesehen, wie der Herr Geschichtslehrer seinen Finger zwischen die Brüste der Frau Erdkundelehrerin steckte!« Mama sagte: »Bist du immer noch nicht weg, um dir ein Eis zu holen, von dem du dann Halsweh bekommst!« Opa stellte fest: »Die haben sich einen Haufen Geld zusammengestohlen und zehren jetzt davon!« Mama wandte ein: »Sie haben nichts zusammengestohlen, das sind Söhne von Generälen und Industriellen!« Papa sagte: »Als wenn es so viele Generäle gäbe!« Opa bemerkte: »Mich ärgert nur, daß ich nicht dahinterkomme, wie manche Leute das große Geld machen!« Mama nannte Beispiele von redlichen Leuten, die fleißig ihr Brot verdienten, wie zum Beispiel die Sodawasserverkäufer. Opa fuhr sie an: »Ausgerechnet die, die mit gewöhnlichem Leitungswasser ein Vermögen scheffeln!« Der Onkel gab zu bedenken: »Die haben eine Maschine, die das alles von allein macht, und außerdem ein chemisches Mittel, das sie in das Wasser hineintun!« Die Tanten behaupteten: »Im Film trinken die größten Liebhaber Sodawasser, das spritzt nach allen Seiten und schäumt.« Papa sagte: »Das einzig Wahre ist, wenn es aus dem Siphon in den Wein zischt und du so einen Spritzer machst!« Der Onkel erklärte: »In Rußland wird Sodawasser kostenlos verteilt!« Opa fragte: »Wie rentiert sich das!« Mama bemerkte: »Es wird immer Menschen geben, die lügen und sich dadurch über Wasser halten!« Die Tanten fragten: »Stimmt es, daß Herr Gogić alte Pelzmäntel wendet und neue aus unbrauchbaren Tieren macht!« Mama sagte: »Wenn er mir als seiner alten Kundin wenigstens einen Muff machte!« Papa sagte: »Nur der fehlt dir noch!« Mama rechtfertigte sich: »Merkst du denn nicht, wie der Winter naht, und zwar mit Riesenschritten!« Der Onkel warnte: »Dieser Winter ist noch gar nichts, wenn erst die Russen kommen, werden alle Winter sibirisch, ihr werdet noch euer Wunder erleben!« Opa fragte: »Woher weißt du das!« Der Onkel fuhr fort: »In Sibirien fällt einem die Nase ab, sobald man in die Kälte hinausgeht!« Opa sagte: »Recht geschieht ihnen, warum gehen sie hinaus!« Mama klagte: »Wenn ich all diese Schnittmuster hätte und in der Lehre gewesen wäre, könnte ich mir jetzt ein Mieder gegen Vollschlankheit anfertigen!« Die Tanten fragten: »Wozu brauchst du das!« Mama gab sich selbst die Antwort: »Aber was würde dann aus Frau Nina werden, der Expertin für Büstenhalter und Bruchbänder!« Der Onkel sagte: »Die hat es gut, die darf überall hinfassen!« Mama sagte: »Für mich ist es wichtig, feine Wäsche anzuhaben für den Fall, daß ich auf der Straße umfalle und man mich wegbringen muß!« Opa fragte: »Wer!« Mama erklärte: »Ich weiß mit großer Sicherheit, daß alle diese infam zurechtgemachten Personen mit Krokotaschen oft nicht einmal einen Unterrock anhaben!« Die Tanten sagten: »Die Handtasche ist das Spiegelbild einer jeden Frau, insbesondere ihr Innenleben!« Der Onkel sagte: »Nach dem Krieg werden die Russen mit großen Taschen von Haus zu Haus ziehen und Geschenke an die ganze Menschheit verteilen!« Opa sagte: »Als wenn die so blöd wären!« Papa beschwerte sich: »Hier wird so viel geredet, aber keiner denkt daran, mir ein Hemd zu bügeln!« Der Onkel erzählte: »Eine Büglerin fragte mich, ob ich den Film *Die Dame der Tropennächte* gesehen hätte, eine tolle Sache!« Mama sagte: »Was die Wäsche betrifft, darüber könnte ich eine Doktorarbeit schreiben, wenn man bedenkt, wie viele ihr seid!« Papa fragte: »Stimmt es, daß in Rußland alle ungebügelt herumlaufen!« Mama fragte: »Wird es in Zukunft vorbei sein mit der Verschmutzung der Kleidung und des menschlichen Körpers!« Die Tanten antworteten: »Die größten Könige Frankreichs wuschen sich überhaupt nicht, sondern benutzten nur Düfte verschiedener Obstsorten!«

Opa sagte: »Man hat die alten Böcke also zu Recht wie Rüben auf der Guillotine zerschnippelt!« Der Onkel stellte fest: »Der Mensch ist ein stinkendes Tier, da hilft nichts!« Die Tanten begannen zu weinen, leise. Hinterher sagten sie: »Wer hätte das gedacht, wenn man die Fotos von Ronald Kolman oder von dem schwimmenden Džoni Vajsmiler sieht!« Mama sagte: »Körperpflege ist das A und O!«

## *Elf*

Mama stand jetzt immer in verschiedenen Schlangen, das war vor irgendwelchen Geschäften. Mama stand sehr lange an, dann sagte man ihr: »Es gibt nichts mehr!« Das wiederholte sich öfter. Mama beteiligte sich auch selbst am Handel. Sie ging zu einem Händler und sagte: »Mein lieber Herr, würden Sie mir dieses Glas mit der Abbildung von Venedig abkaufen, auch wenn es ein wenig angeschlagen ist, leider!« So schleppte Mama viele kostbare Sachen in dieses Geschäft, doch manche brachte sie wieder zurück, weil sie unbrauchbar oder beschädigt waren. Trotzdem wurden die Gläser mit Aufschriften immer weniger, und auch die Figur des röhrenden Hirsches verschwand. Das half aber nicht viel. Eine Frau kam zu uns und sagte: »Mein Neffe, der auf einem Schiff arbeitet, bringt das schon in Ordnung, geben Sie mir bis dahin fünfzig Dinar!« Ein Mann klagte: »Immer noch nichts, dabei habe ich fest mit dem Hauptgewinn in der staatlichen Lotterie gerechnet!« Eine Bekannte von uns sagte: »Ich möchte gern ein Hutmachergeschäft eröffnen, aber ich weiß nicht, womit ich beginnen soll!« Opa fragte: »Und!« Der Onkel sagte: »Am Dienstag kommt zu Frau Darosava der Liebhaber!« Für mich klang das wie »Handwerker« oder so ähnlich. Es gab Menschen, die versicherten, mit uns irgendwie verwandt zu sein. Sie waren alle ziemlich dreckig. Manche hatten ihre Mäntel mit Kordel und Draht zusammengebunden und sagten: »Am liebsten arbeiten wir in herrschaftlichen Häusern, da hört man ständig Streit und Klirren von kostbarem Geschirr, zerschlagen aus Übermut!« Opa fügte hinzu: »Ganz zu schweigen vom Besteck, das in der Regel verschwindet!« Ein Bärtiger versicherte uns: »Das Jüngste Gericht naht!« Opa sagte zu ihm: »Ausgerechnet mir willst du das erzählen!« Dann kam ein Typ und bot uns ein Mittel gegen Haarausfall an. Der Onkel sagte: »Haare habe ich mehr als genug, aber Geld nicht!« Ein sehr feiner Herr klopfte an unsere Tür und schlug vor: »Sie geben mir jetzt tausend Dinar, und ich besorge Ihnen den Speck!« Opa fragte: »Warum gerade wir!« Der Herr zeigte einen Zettel und sagte: »Man hat mir aufgeschrieben, Sie aufzusuchen!« Und dann sagte er noch: »Meine Adresse ist die und die!« Mama war einverstanden: »Also gut!«, gab ihm tausend Dinar, suchte später jene Adresse auf, dort sagte man ihr: »Liebe gnädige Frau, Sie sind nicht die erste, die das Haus sucht, das schon bei den ersten Luftangriffen zerstört wurde!« Ein Mann sagte: »Ich besorge Ihnen Würfelzukker, geben Sie mir einen alten Anzug, und ich gebe Ihnen meinen Namen und die Hausnummer!« Mama gab ihm Papas Hose, aber bei der Anschrift sagte man ihr: »Bei uns handelt niemand mit Hosen, so einen haben wir noch nie gesehen!« Eine Frau behauptete: »Hier ist das Foto von meinem Mann, er bringt aus Vrnjačka Banja ein besonderes Heizgerät mit, Sie müssen nur die besagte Summe anzahlen!« Mama schaute sich das Foto an und sagte: »Arme Menschen, die sich mit so etwas abgeben müssen!« Mama zahlte den ganzen Betrag, die Frau nahm das Foto und verschwand auf Nimmerwiedersehen. Mama und der Onkel gingen zum Einwohnermeldeamt, um nach den Adressen von Leuten zu fragen, von denen sie nur die Namen wußten. Dort gab es Kästchen, von jedem Menschen wußte man, wo er wohnt und was er ist, über die, die Mama und der Onkel suchten, gab es nichts. Mama stellte fest: »Nur die, die mir nicht begegnet sind, haben mich nicht betrogen!« Das stimmte.

## *Zwölf*

Die Tanten erzählten: »Gestern haben wir einen sehr merkwürdigen Sonnenuntergang beobachtet, lauter Blut am Horizont und so!« Der Onkel behauptete: »Ich habe gesehen, wie aus der Donau eine Leiche herausgezogen wurde, wer weiß, wie lange die schon drin lag, sie wog bestimmt vier Zentner!« Voja Bloša sagte: »Ich habe eine nackte Frau gesehen!« Mama schlug sich mit der Faust gegen die Brust und klagte: »Der verdammte, verdammte Krieg!« Früher rief sie manchmal auf ähnliche Weise: »Der unsterbliche, unsterbliche Djilji!«, das bezog sich aber auf einen Sänger und war anders.

Papa sagte: »Man erzählt, es gibt Füllfederhalter, wenn man die auf der Straße findet und aufschraubt, explodieren sie!« Opa sagte: »Ich brauche ja nichts zu unterschreiben!« Mama schärfte mir ein: »Hebe nichts von der Straße auf, selbst wenn es Gold sein sollte!« Der Onkel behauptete: »In Kumodraž wurde ein Handelsgehilfe abgeschlachtet.« Mama fiel Papa um den Hals und bat ihn: »Geh nicht raus!« Er antwortete: »Das ist mir scheißegal!« Rings um den Mond erschien ein Kranz. Nachbarn kamen und erzählten, sie hätten Russen gesehen. Mama fragte: »Unsere oder echte!« Sie antworteten: »Woher sollen wir das wissen!« Die Tanten erzählten voller Angst: »Manche Menschen fangen Kinder und machen Wurst aus ihnen!« Mama schrie auf: »Mein eigenes Kind könnte ich so aufessen, ohne es zu wissen!« Der Onkel berichtete: »Die berühmte Partisanenkommissarin reitet umher und schneidet den Popen die Hoden ab!« Dann fuhr er fort: »Ich habe von einem Bordell gehört, wo die Weiber erst dreizehn Jahre alt sind!« Ich dachte, das sei ein Geschäft, und fragte: »Wann macht Papa ein Bordell auf!« An einer Mauer stand: »Staljin – Henker, Čerčil – Totengräber des serbischen Volkes!« und an einer anderen: »Mitten in die Titten!« Mama seufzte: »Besser wäre er blind, als daß er solche schrecklichen Dinge liest!« Meinem Freund Srba Radulović war die Straßenbahn über den Fuß gefahren, danach trug er einen künstlichen aus Holz, der im Schuh steckte. Mama warnte mich: »Hast du das gesehen!« Ein anderer hat beim Radfahren sein Bein bis zum Knie verloren. Mama sagte: »Was predige ich dir ständig!« Der Onkel erzählte von einem Verrückten, der in ein Kaffeehaus kam und sagte: »Jetzt werdet ihr den Menschen sehen, der alle besiegt hat, sogar sich selbst!« Dann schoß er sich mit einer Pistole in den Kopf. Mama sagte: »Das sind die Nerven!« Ich beobachtete, wie sie einen feinen Herrn mit Hut auf dem Markt an eine Säule banden und anspuckten. Mama weihte mich ein: »Das ist ein armer Spekulant!« Später sah ich, wie ein anderer Mann mit Hut eine Frau mit Fußtritten traktierte, die Frau hatte einen Pelzmantel an, der Mann sagte zu ihr: »Pfui!« Wir hörten und sahen viele Dinge, später erzählten wir davon, vor allem von den schrecklichen Verbrechen und anderen Niederträchtigkeiten. Wir besuchten die Frau des Binnenschiffahrtskapitäns, wenn der Kapitän fort war, sie lag auf einer Ottomane, aus ihrem Hintern lugte eine Nelke hervor. Der Onkel fragte: »Wo kriegt sie jetzt bloß diese Nelken her!« Voja Bloša sagte: »Komm, wir schauen uns die Därme des Hausmeisters auf den Telefondrähten an!« Es hingen noch andere Teile des menschlichen Körpers an den Drähten, aber wir konnten sie nicht erkennen. Ich ging los, um mir eine Parfümerie mit verstreutem Puder und einem Mann anzusehen, einem ziemlich blutigen, im Schaufenster. Papa lehnte sich aus dem Fenster und sagte: »Da sind sie schon wieder!« Opa fragte: »Was werfen die ab!« Papa antwortete: »Bomben, was sonst!« Opa fragte weiter: »Und Scheiße!« Opa behauptete steif und fest, die Amerikaner würden hoch oben in ihren Flugzeugen die Hosen herunterlassen und uns direkt auf die Köpfe scheißen. Die Tanten protestierten: »Die doch nicht, die haben die schönsten Schauspieler der Welt!« Mama zog, obwohl es Sommer war, ihren Pelzmantel an und erklärte: »Ich will wie eine Dame sterben!« Der Polizeischreiber sagte: »Das da oben sind lauter Neger, die achten nicht darauf, wo sie was hinschmeißen, ich kann nichts dafür!« Ich fand später einen Haufen Geldscheine im Dreck, Mama sagte: »Wenn wir am Leben bleiben, kaufen wir uns von dem ganzen Geld ein Kilo Schweineschmalz!« Opa schaltete Radio Beromünster ein, klopfte mit aller Gewalt auf den Apparat, aber man hörte nichts. Im Treppenhaus trat ich später in einen Spucknapf. Mama nahm mich in die Arme und rief die übrigen herbei. Dann wuschen sie mir den Fuß, aber trotzdem.

## *Dreizehn*

Im Hof stellten sie leere amerikanische Milchpulverkonserven und eine Bohnendose auf die angeschlagenen Tonvasen ohne Blumen. Die Dosen waren eingedellt, die Deckel verbogen. Das einzige, was an ihnen taugte, waren die Buchstaben, ganz verschiedene. Oberstleutnant Vaculić und der Onkel traten an die gegenüberliegende Mauer zurück, dann feuerte Vaculić Salven in Richtung der Dosen mit den Etiketten »Milk« und »Beans«. Er zielte meistens auf Buchstaben wie »B« und »O« wegen der Löcher in ihnen. Als die ersten Schüsse fielen, kam der Herr Professor vom Parterre mit erhobenen Armen aus dem Haus gelaufen. Vaculić sagte zu ihm: »Bist du übergeschnappt!« Der Professor ließ die Arme sinken, ohne etwas zu begreifen. Dann schoß der Onkel, aber viel schlechter.

Die Genossen der Einundzwanzigsten Serbischen Brigade fragten: »Gibt es hier in der Gegend faschistische MG-Schützen!« Der Onkel sagte: »Bei uns gibt es nur welche, die künstliche Mäuse zum Aufziehen verkaufen!« Russische Panzersoldaten fragten: »Gibt es Minen, ja oder njet!« Mama antwortete: »Meine einzige Mine ist mein unglückseliger Mann und der Alkohol in ihm!« Die Russen glaubten ihr nicht. Der Onkel fragte: »Wie sollen wir das neue Leben beginnen, wenn keiner dem anderen glaubt!« Oberstleutnant Vaculić sagte: »Hört gut zu, was die Volksredner sagen, von ihnen werdet ihr die ganze Wahrheit erfahren!« Die Redner standen auf Schemeln und anderen Möbelstücken, von dort oben erläuterten sie viele nützliche Dinge, die anderen Leute unten auf dem Boden knieten fast. Ich sagte zu Voja Bloša: »Das sind die, die aufgezogene Mäuse laufen lassen!« Die Frauen begannen gleich zu kreischen. Oberstleutnant Vaculić platzte heraus: »Was gibt's!« Ich antwortete: »Kleine Tierchen, fast wie echt!« Die Mäuseverkäufer merkten die Verwirrung im Publikum und sagten: »Wir bitten um Entschuldigung!«

Die Tanten saßen in der Küche mit den Offizieren und irgendwelchen Studenten. Die Studenten konnten Hawaiigitarren nachahmen, indem sie »Km-km!« durch die Nase machten. Mama nannte sie »Die Hawaiier«, wahrscheinlich verwechselte sie irgend etwas. Es gab auch andere Lieder, die Tanten trugen sie auf ziemlich merkwürdige Art vor, statt eines Textes sangen sie »Pa-pa-pa!«, wir waren auch damit völlig zufrieden. Unsere Nachbarin Darosava, die große Spezialistin für männliche Körper, immer wieder andere, sagte: »Jetzt ist alles erlaubt!« Opa fragte: »Aber das Stehlen doch wohl nicht!« Mama sagte: »Natürlich nicht, was gibt es denn noch!« Genosse Abas erklärte: »Zumindest kann jetzt jeder offen sagen, was er auf dem Herzen hat!« Voja Bloša sagte prompt: »Meine Mutter hat ein künstliches Gebiß und schläft splitternackt!« Man merkte, daß auch die Tanten etwas zu sagen hatten, es sich aber verkniffen. Vaculić trug ein unverständliches Gedicht vor über das Maschinengewehr, die Waffe des Kämpfers, die wie ein Mensch spricht, allerdings nur dummes Zeug. Hauptmann Jovo Sikira dachte scharf nach und fragte dann: »Wie kann ein lebendiger Mensch allein ein ganzes Buch schreiben wie der Genosse Lenjin, zum Beispiel!«

Mama antwortete: »Auch mein Sohn schreibt kleine Gedichte über die Volkshelden und die Jahreszeiten auf Klosettpapier, etwas anderes gibt es ja nicht, allerdings schämt er sich sehr!« Mama sagte neuerdings, wenn sie von Papa sprach, »Mein Genosse!« Mama erzählte: »Mein Genosse ist durch die neuen historischen Ereignisse etwas verwirrt, aber das wird sich schon wieder geben!« Opa wußte nicht, von wem die Rede war. Papa kotzte in der Toilette. Die Tanten sangen das Lied: »Das Schlechte fault in dumpfen Särgen!« Genosse Abas pflichtete ihnen bei: »Recht so!« Mein Freund Kalafatović fragte: »Darf ich euch, auch wenn meine Mutter Schneiderin ist, mein Gedicht über den Genossen Kirov vortragen, der auf einem Bahnhof ermordet wurde!« Hauptmann Jovo Sikira sagte: »Wer hindert dich daran!« Der Onkel erzählte: »Viele Künstler sind ihrem Volk treu ergeben, aber am meisten von allen Dragoljub Aleksić, geboren in der kleinen Stadt Knjaževac!« Opa fragte: »Ist das der Ganove, der falsche Ketten durchbeißt!« Mama sagte: »Der unter einem Flugzeug hängt und sich mit den Zähnen festhält und dabei mit unserer neuen Staatsfahne winkt!« Die Offiziere sagten: »Wir möchten gern zeichnen!« Einer von ihnen nahm Tantes Hand, legte sie aufs Papier und fuhr mit dem Bleistift um ihre Finger herum. Mama sagte: »Ganz wie lebendig!« Die Tanten malten die noch nicht befreiten Teile des Landes, vor allem »Bled«, die Insel mit dem Kirchlein, und dann nach Modell, zum Beispiel unseren Genossen Jovo Sikira. Opa betrachtete den Hauptmann, wie er während des Zeichnens mit ernster Miene und völlig starr dasaß, dann fragte er ihn: »Woher habt ihr bloß alle diese Namen wie Zec, Vrana, Sikira!« Ich stellte fest: »Lauter nützliche Werkzeuge und Vögel!« Vaculić erklärte: »Weil alle aus dem

Volk sind!« Die Soldaten saßen am Herd, in dem Teile des unnützen Mobiliars brannten, ihre unvergeßlichen Gestalten wurden von den Tanten mit dem jetzt überflüssig gewordenen Augenbrauenstift auf Papier verewigt. Man brachte uns ein winzig kleines Kind aus der Nachbarschaft und bat: »Malt den jüngsten Bürger unserer befreiten Stadt!« Das Kind lallte unverständliche Wörter: »Gulp!«, »Agu!«, »Glajf!« und so weiter. Jovo Sikira lallte die Buchstaben: »S«, »S«, »S«, »R«, das war feierlich. Die Tanten skandierten die Silben eines neuen Liedes: »Ši«, »Ra«, »Ka«, »Stra«, »Na«, »Ma«, »Ja«, »Ro«, »Dna«, »Ja«. Opa versuchte, das amerikanische Wort »Breakfast« auf einem Päckchen zu entziffern. Mama sagte: »Dies alles hat unseren Horizont erweitert!«

Später schossen Vaculićs Freunde mit der Pistole in die Luft, durch das Fenster. Die Nachbarn dachten, noch eine Stadt sei erobert, dabei wurden wir es, meine Tanten und wir alle. Mama bekannte: »Wir sind euer!« Alle um uns herum waren jung, sie drückten Zigarettenkippen auf dem Parkett aus. Vaculić fragte: »Soll ich dieses Kristallglas aus der Zeit der bürgerlichen Herrschaft zerschlagen!« Mama schob ihm ein anderes Glas unter, ein gewöhnliches. Papa sagte: »Schlage nur kaputt, was du willst!« Wir sagten: »Recht so!« Vaculić bekam feuchte Augen, Opa fragte: »Was hat er denn!« Mama sagte: »Das ist die Kunst!« Der Onkel stellte fest: »Der Kommunismus ist lustig!« Die Offiziere sangen Lieder, tätschelten meine Wangen, tranken Schnaps und kotzten später über das Balkongeländer. Im Parterre war an dem Tag ein Beamter an Angina gestorben, das paßte schlecht zusammen. Jemand schrie von unten: »Ist euch denn gar nichts heilig!« Wir antworteten: »Nein!« Wir waren alle schrecklich lustig, einige von uns zitterten und taumelten, wie im Schlaf. Ein sehr magerer Genosse hielt eine Rede über die Vernichtung der Menschheit, plötzlich trat ihm gefährlicher Schaum, ganz weiß, vor den Mund. Opa fragte: »Den hat doch nicht etwa ein tollwütiger Hund gebissen!« Dann stürzte der Genosse zu Boden und begann mit unverständlicher Stimme Kommandos zu geben, der Onkel setzte sich auf seine Brust und flehte ihn an: »Komm schon, Mensch!« Mama sagte: »Arme Kinder!« und ähnliches. Der Genosse sagte etwas später: »Tut mir leid, jetzt geht es mir schon besser, aber steckt nächstes Mal meinen Finger in die Steckdose, damit der Strom mich richtig durchschüttelt!« Wir sagten: »Abgemacht!« Auch Papa war von Sinnen, er stand auf einem Bein, setzte seinen Zeigefinger an die Schläfe, das nannte man »Französisch Denken«. Papa beendete seine Nummer und erklärte: »Alonzanfandelapatri«, sein Lieblingsspruch aus der Sokol-Zeit. Der Onkel behauptete: »Es gibt ein amerikanisches Pulver gegen Alkoholismus, nur ist es sehr teuer!« Opa fragte: »Reicht es nicht langsam!« Wir antworteten: »Nein!« Vaculić sagte: »Seht ihr denn nicht den Unterschied, jetzt wird nur gesungen, auf Konserven geschossen und ähnliches.« Wir bestätigten: »Ja, wir sehen ihn!«

## *Vierzehn*

Später schlug Hauptmann Jovo Sikira mit der Faust auf den Tisch und sagte: »Jetzt werden wir alles umkrempeln, von Grund auf!« Mama sagte: »So geht es mir auch, wenn ich in der Straßenbahn verkehrt herum sitze, nachher kommt mir alles wie umgedreht vor!« Genosse Abas erklärte: »Alles, was bisher in eurem Leben Gültigkeit hatte, müssen wir auf den Kopf stellen, und zwar aus historischen Gründen!« Papa sagte: »Auch mir geht es so, wenn ich euch von der obersten Sprosse betrachte, während ich einen Kurzschluß repariere, alles steht dann kopf!« Ein rotbackiges Mädchen in Stiefeln erklärte: »Aber das ist noch nicht alles!« Opa fragte: »Tatsächlich!« Wir saßen in der Küche und unterhielten uns, mir kam das aber wie eine Aufführung vor, denn alle sprachen laut, schlugen sich an die Brust und hauten mit der Faust auf die Möbel.

Oberstleutnant Vaculić sagte: »Wir werden alle Tiere wie Elefanten, Löwen, Alligatoren und ähnliche aus dem Zoo rauslassen, damit sie mit anderen Leuten zusammen frei leben können!« Opa sagte: »Das wird was geben!« Mama sagte versöhnlich: »Ich habe nichts gegen Raubtiere, sie müssen nur zahm sein und aus der Hand fressen!« Der Onkel sagte: »Ich dagegen kann ihren Gestank und andere Bestandteile nicht ertragen, deswegen gehe ich so gern in den Zirkus und spucke dort auf die Bären und Schlangen, die dann nur knurren, mir aber nichts anhaben können!« Die rotbackige Genossin in Stiefeln wischte sich mit dem Handrücken die Nase ab und rief aus: »Wir werden für Brüderlichkeit unter den Menschen, dem Viehzeug und der übrigen Menschheit kämpfen, ausschließlich mit Mitteln der Überzeugung!« Die Tanten erklärten: »Wir sind bereit, auch dreißig Mitglieder der Befreiungsbrigade bei uns übernachten zu lassen!« Opa sagte sofort: »Das würde euch so passen!« Sie fuhren fort: »Aber Affen können wir nicht aufnehmen, wegen der naturgegebenen weiblichen Angst und weil ein Kind im Haus ist!« Mama sagte: »Und ich werde verrückt, wenn es zu solchen Konsequenzen kommen sollte!« Genosse Abas tröstete sie: »Macht nichts, wir werden auch die Verrückten zu Menschen machen und sie nicht mehr fesseln und in kaltes Wasser werfen wie in der Vorkriegszeit!« Opa sagte: »Ihr müßt es ja am besten wissen!« Genosse Abas bestätigte: »Richtig!«

Hauptmann Jovo Sikira verkündete: »Wir werden euch zeigen, wie man auf dem Scheißhaus das Wasser zieht, mit einem winzigen Handgriff!« Opa staunte: »Was ihr nicht sagt!« Jovo Sikira sagte zu mir: »Ich werde dir beibringen, wie man mit der rechten Hand schreibt und wie du die linke zum Kratzen hinterm Ohr benutzen kannst, und für ein paar andere Bedürfnisse!« Ich sagte: »Einverstanden!« Jovo Sikira beobachtete Opa beim Zerhacken von alten Möbeln und sagte: »Und dann bringe ich euch bei, wie man in einem richtigen Bett schläft, davon habt ihr noch keine Ahnung!« Genosse Abas begann sich zu räuspern, das bedeutete, daß wir über etwas anderes reden sollten, aber Jovo Sikira fuhr fort: »Meine Aufgabe ist es, dafür zu sorgen, daß ihr, wenn ihr überhitzt seid, kein kaltes Wasser trinkt und daß jeder von euch nachts gut zugedeckt ist!« Opa sagte: »Wenn es so ist, einverstanden!« Ich merkte, daß wir alle besoffen waren, aber ich wußte nicht, wovon. Oberstleutnant Vaculić sagte nach alldem: »Wir sind imstande, auch die Natur in unserem Sinne umzukrempeln, die Blumen, die Flüsse und die Seen, auch die Meere, das ist allerdings viel schwieriger!«

Dann teilte Jovo Sikira uns folgendes mit: »Was den Wohlstand angeht, alles ist schon im voraus bestimmt, außer daß es viel langsamer geht, als wir es uns gedacht haben!« Opa fragte: »Wie das!« Jovo Sikira führte das Beispiel von dem langsamen, aber sicheren Wachstum sehr großer Bäume an. Opa sagte: »Nur daß ich nicht aus Holz bin!« Genosse Sikira entschuldigte sich: »Wir können nichts dafür!« Dann sagte er: »Wir haben jetzt schon für jede Familie einen viertel Quadratmeter Badezimmerfliesen sichergestellt!« Opa fragte: »Was sollen wir mit einem viertel Meter!« Mama tröstete ihn: »Auch das ist schon etwas, wir können sie sammeln, Stück für Stück, bis wir soweit sind!« Der Onkel sagte: »Ich habe jahrelang Frauennamen gesammelt, eine schöne Sammlung ist daraus geworden!« Jovo Sikira bemerkte: »Ich sage es ja!« Opa kratzte sich am Kopf und fragte: »Warum können wir nicht die Fliesen für das ganze Bad bekommen, und die anderen gedulden sich noch etwas!« Mama kam ihm zu Hilfe: »Und daß wir lebensgefährliche Bücher unter dem Parkett versteckt haben, das soll heute nicht mehr zählen!« Jovo Sikira erläuterte: »Das wäre die verfluchte Ungerechtigkeit, gegen die wir an allen Fronten gekämpft haben!« Der Onkel sagte: »Dann eben nicht!«

Jovo Sikira öffnete seinen Militärmantel und rief: »Guckt mal!« Unter dem Mantel holte er ein wunderhübsches Wohnhaus hervor, aber ein ganz kleines. Der Onkel erzählte allen: »Das war im Schaufenster des Warenhauses von Vlado Mitić ausgestellt, nur schlug dann eine Granate ein, und die Schaufensterscheibe ging zu Bruch!« Alle betrachteten das Miniaturhäuschen der Firma »Baumeister«, das vor dem Krieg erbaut worden war, zu Reklamezwekken. In dem Haus gab es alles, was zum Leben notwendig ist, nur im Zwergenformat. Opa betrachtete das Häuschen von allen Seiten, dann sagte er: »Was nützt das, wenn wir keine Zwerge sind!« Ich sagte: »Vielleicht werden wir welche!« Mama drohte: »Gleich kriegst du eine hinter die Löffel, so leid es mir auch tut!« Ich sagte: »Wie konnten denn Karik und Valja klein werden, als sie die Pille im Roman geschluckt hatten!« Der Onkel sagte: »In Rußland kann jeder nach Bedarf kleiner oder größer werden, er braucht nur in eine Maschine hineinzukriechen, und ein anderer zieht am Griff!« Opa sagte: »Die sind was anderes!« Ich wollte gleich die Tür an dem kleinen Haus aufmachen, aber man schlug mir auf die Finger. Mama sagte streng: »Das ist kein Spielzeug!« Das Häuschen stellten sie mitten auf den Tisch und betrachteten es sehr lange. Ich versuchte, sie zu trösten: »Vielleicht finden wir dafür einen kleinen Menschen, nur fünf Zentimeter groß, wie ich ihn mir schon immer gewünscht habe!« Opa sagte: »Ich gebe es nicht her!« Der Onkel sagte: »Wie viele Zwerge habe ich vor dem Krieg in Gläsern gesehen!« Opa wandte ein: »Das sind Jahrmarktslügen, an die ich nicht glaube!« Mama widersprach: »Medizinische Bücher sind voller Bilder von Mißgeburten, die in Form von Stopfpilzen auf die Welt kommen, oder noch schlimmer!« Papa kam endlich zu sich, rieb sich die Augen und sagte: »Was nützt es, wenn sie nicht überlebensfähig sind!« Der Onkel entgegnete: »Das ist nicht wahr, man legt sie in Spiritus, weil sie es dort besser haben als an der Luft!« Die Tanten bemerkten: »Alle diese Mißgeburten von einem halben Meter abwärts sind nur dazu da, daß die Leute im Zirkus was zu staunen und zu lachen haben, das ist ihr eigentlicher Beruf!« Genosse Abas betrachtete uns irgendwie mitleidig und sagte: »Soll das vielleicht unser Ziel sein!« Wir wußten es selbst nicht. Papa wurde vollends nüchtern und sagte: »Überall gibt es verkehrte Dinge!« Ich stimmte ihm zu: »Auch der Onkel tut etwas Verkehrtes, wenn er auf seine Nasenspitze starrt und das Schielen übt!« Mama sagte: »Sollen ihm die Augen nur so bleiben, dann wird er noch schöner!« Die Tanten schlugen vor: »Wir glauben, die Lösung besteht darin, daß wir

Esperanto lernen und dann alle Menschen auf dem ganzen Erdball verstehen!« Oberstleutnant Vaculić sagte: »Wir werden einen Garten anlegen, wo andere schlachten und morden wollten!« Der Onkel fragte ihn: »Ich habe gehört, wir werden unser Leben verändern, sogar um den Preis, daß es manche von uns das Leben kosten wird!« Genosse Abas verbesserte ihn: »Nein, nur daß wir alles gemeinsam haben werden, wie die Gedanken, die Gefühle und andere innere Dinge!« Die Tanten flüsterten: »Genau das haben wir befürchtet!« Opa verkündete: »Lieber reich und gesund als arm und krank, aber das ist nicht immer der Fall!« Jovo Sikira tröstete ihn: »Später werden in unserem Leben Milch und Honig fließen, wie ich es auf einem Scheißhaus gelesen habe!« Mama stellte fest: »Alles ist in der Natur des Menschen begründet, und die ist meistens schlecht!« Mama fing an zu lachen über das, was sie gesagt hatte, Genosse Abas belehrte uns: »Wir müssen so weit kommen, daß wir auch dann lachen, wenn es gar nichts zu lachen gibt!« Alle wurden sofort ernst, und zwar sehr. Jovo Sikira versuchte uns wieder aufzumuntern und sagte: »Besser, ich bestimme, was jeder zu tun hat, damit es kein Durcheinander gibt!« Die Tanten sagten: »Am besten wäre, das Leben würde schnell vergehen, damit wir sehen, was wir geleistet haben!« Genosse Abas erklärte: »Man sieht sofort, wer fürs Singen und wer fürs Herdputzen bestimmt ist!« Mama sagte: »Wenn mir der liebe Gott Talent gegeben hätte, würde ich Musik machen und aus vollem Halse singen!« Jovo Sikira bemerkte: »Aber jemand muß auch die Scheißhäuser putzen!« Mama sagte: »Hab ich es doch gewußt!«

## *Fünfzehn*

Und so wurden viele Aufgaben verteilt, vom Regierungschef abwärts. Für die verantwortungsvollsten wurden die Genossen Pijade, Nešković und Djilas bestimmt. Bei uns in der Familie standen die Dinge so: ich für die Agitation und das Verfassen von Gedichten, Papa für den Alkoholismus, der Onkel für die Frauen. Wir alle bemühten uns, unsere Arbeit, unser Fachgebiet zu vervollkommnen, die Familie. Wir arbeiteten, als hätten wir Rollen in einem Stück »Das Leben in der Familie« einstudiert, ohne daß uns dies jemand aufgetragen hatte. Wir alle gingen unseren Familienpflichten nach, die Worte, die wir sprachen, waren laut, als wenn uns jemand zuhören und »Bravo!« rufen sollte. Mama sagte: »Ich habe nichts zu verbergen!« Dann trat sie auf den Balkon und verkündete vor der versammelten Nachbarschaft: »Ja, er trinkt, aber er ist eine Seele von Mensch!« Die Nachbarn erwiderten: »Hoppla!« Mama fuhr fort: »Und mein einziger Bruder legt alle Frauen im Haus um, wie ihr selbst am besten wißt!« Da wurden die Nachbarn still. Alles glich einer Theatervorstellung, obwohl es in Wirklichkeit keine war. Unser Leben plätscherte dahin, ohne jegliche Unterbrechung. Wir alle nahmen an diesem Leben teil, wir erfüllten die Aufgaben, so gut wir konnten. Papa sagte: »Gar nicht schlecht!« Opa wandte ein: »Natürlich, wenn du nichts Besseres kennst!« Mama sagte zum wiederholten Male: »Niemand von uns ist blind, niemand hat Syphilis oder stottert, zum Beispiel!« Opa sagte: »Das fehlte noch!« Mama entgegnete: »Aber diese Dinge sind weit verbreitet, in der Stadt und auch sonst!«

Wir waren eine Familie mit sehr gesunden Mitgliedern, ungeachtet der Knappheit mancher Dinge wie zum Beispiel Geld, Lebensmittel und Kleidung. Mama verkündete: »Ich wäre sogar bereit, in Lumpen zu gehen, was ich Gott sei Dank nicht muß, wenn ich nur keine Krampfadern oder Mumps bekomme, die heutzutage schwer zu kurieren sind!« Wir arbeiteten den ganzen Tag, auch wenn nichts davon zu sehen war, dann gingen wir schlafen und träumten genau dasselbe, das heißt weiterzuarbeiten, wie irgendwelche Maschinen. Opa sagte: »Auch im Schlaf erfinde ich die chemische Formel für Bohnerwachs, an die ich mich nachher nicht mehr erinnern kann!« Mama berichtete: »Ich spiele im Traum in den zauberhaftesten Filmen, worüber ich vor dem Kind nichts erzählen mag!« Papa sagte: »Im Schlaf verbietet mir keiner, auch die übelsten Getränke zu konsumieren, und das Merkwürdige ist, ich kriege nie eine Alkoholvergiftung!« Der Onkel sagte: »Eine Zeitlang notierte ich meine Träume in ein Tagebuch, aber dann habe ich es aufgegeben!« Wir wachten auf und widmeten uns von neuem unseren Aufgaben, den häuslichen und jenen anderen, zum Wohle der Menschheit. Wir leisteten Hausarbeit, die keine Ergebnisse zeitigte, Major Jovo Sikira sagte: »Eines Tages hole ich die proletarische Brigade, um bei euch sauberzumachen!« Der Onkel sagte darauf: »Das wäre angebracht, denn ihr macht auch den Dreck, ihr kommt und geht, wann es euch paßt!« Opa sagte zum Onkel: »Als wenn deine Weiber sich die Schuhe abputzten!« Der Onkel sagte: »Das ist doch wohl was anderes!« Wir waren eine Familie mit unbestimmter Mitgliederzahl, wenn man all jene mit berücksichtigt, die zu uns kamen, mit uns zusammensaßen, unbekannte Lieder sangen, Handschuhe strickten und so weiter. Mama verkündete: »Unsere Familie ist die ganze Welt, die ich am liebsten umarmen möchte!« Opa mahnte: »Rede kein dummes Zeug!« Mama fragte: »Aber wieso!« Major Jovo Sikira erklärte: »Es gibt viele Menschen auf der Welt, die man aufhängen sollte, denn von ihnen kommt das ganze Unglück!« Mama gestand: »Dann weiß ich es auch nicht!«

## *Sechzehn*

Der Onkel hatte eine Okarina, die Tanten hatten ein Grammophon, ich ein Akkordeon Marke »Majnel und Herold«. Wir spielten die verschiedensten Melodien. Der Onkel konnte nicht spielen, ehe er nicht etwas Wasser in sein Instrument gegossen hatte. Wenn er spielte, gluckste das Wasser wie ein Vogel. Dann wurde das Wasser warm. Mama schlug vor: »Warum gebt ihr nicht eine Vorstellung!« Mama genügte das gewöhnliche Leben nicht, sie wollte immer etwas Künstliches, das heißt Künstlerisches, erleben. Zwischen zwei Zimmer spannten die Tanten ein Kleid, wie einen Vorhang. Die Lampe stellten sie auf den Boden, das verlieh dem Zimmer gleich ein verzaubertes Aussehen. Hinter mir hatten sie einen großen Blumentopf mit einer Palme aufgebaut. Sie sagten: »Das soll Hawaii sein!« Ich nahm mein Akkordeon und spielte das Stück mit dem Titel *Wie ein schöner Traum*, aber während ich spielte, kitzelte mich ein Palmwedel am Hals, ich mußte andauernd lachen. Mama fragte: »Wie kannst du zu einer so traurigen Weise lachen!« Wir führten den Sketch mit dem Barbier vor, mein Freund Kalafatović hatte sich die Nummer ausgedacht, in der er auf einem Stuhl saß, während ihn ein anderer mit zu Schnee geschlagenem Eiweiß einseifte. Das Ei hatten wir von unserer Nachbarin Darosava, Opa sagte gleich: »Das hat sie irgendwo abgestaubt!« Der Sketch bestand darin, daß Genosse Kalafatović sich jedesmal vor dem Rasieren den ganzen Schaum aus dem Gesicht leckte. Ich ließ Elijas Alhalel und noch zwei andere kommen, gab ihnen einen Vorkriegskalender mit einem Gespräch zwischen Sara und Moša oder so was Ähnlichem und befahl: »Das führt ihr auf, und ich spiele Akkordeon!« Auf mein Zeichen hin schoben die Schauspieler Tantes Kleider, die in der Tür hingen, beiseite und stießen gleich an die Palme, aber sie warfen sie nicht um. Alle waren zufrieden. Auf das zweite Zeichen hin las Elijas Alhalel vor: »Sag mal, Sara, mein Weib, warum betrügst du mich mit Kon!« Major Jovo Sikira sprang auf und fragte: »Von wem ist das!« Ich antwortete: »Von einem unbekannten Vorkriegsautor!« Er sagte: »Das ist eine Schweinerei!« Ich begann, auf dem Akkordeon das lustige russische Liedchen »Als Stalin in den Hof trat« zu spielen. Dafür gab es Applaus. Genosse Abas sagte: »Das ist doch etwas ganz anderes!« Ich erklärte ihm: »Wir haben aus einem alten Theaterstück über das Mädchen, das schneller ist als der Wind, einen völlig neuen Sketch gemacht, mit Kampfszenen!« Vaculić sagte: »Wir werden Stücke, die früher gespielt wurden, durch Einfügung positiver Passagen umändern und so das Nervensystem der Bevölkerung verbessern, ohne daß es einer merkt!« Opa fragte: »Wie das!« Er antwortete: »Wir möchten euch zeigen, was alles vor euch liegt und wovon ihr noch nie gehört habt!« Das war gerade, als wir ein Fest zu Ehren unseres Nachbarn Branko Pevjanić, eines Oberprimaners, gaben, der an die Front ging. Branko Pevjanić, sehr jung, tanzte mit meiner Mutter, und da er groß war, flüsterte er ihr ins Ohr: »Das ist für mich anstrengender als das Abitur!« Auf dem Fest gab es auch andere Gespräche, Lichtausknipsen und Küssereien. Da war auch die Tochter des Lackfabrikanten, der jetzt im Gefängnis saß. Die Fabrikantentochter knutschte mit allen, an mich kam sie nicht heran wegen des Akkordeons. Mama schrieb später so etwas wie eine Entschuldigung für ihre Mutter. Auf dem Zettel stand: »Ihr wunderschönes Töchterchen war bei uns zu einem kleinen Imbiß eingeladen!« Mama sagte: »Die Musik ist der einzige Balsam für meine gemarterte Seele!« Die Tanten sagten: »Hätten wir doch schon früher eine Gitarre gehabt, alles wäre leichter zu ertragen gewesen!« Ich stellte fest: »Am liebsten sitzen wir herum und reden zusammenhangloses Zeug, wie in einem Theaterstück!« Mama widersprach: »Davon sind wir weit entfernt!« Vaculić fragte: »Wieso!« Mama antwortete: »Das Theater ist etwas Einmaliges und Hehres, unser Leben aber ist jämmerlich und völlig uninteressant, wie man an meinem ewig unglücklichen Gesicht sehen kann!« Vaculić tröstete sie: »Das hat nichts zu bedeuten!« Mama behauptete: »Ich habe schon ganz vergessen, wann ich mich zum letztenmal wie eine Frau und Mutter gekleidet habe, so daß mich alle bewunderten!« Opa fuhr dazwischen: »Wer fragt dich schon danach!« Mama lenkte ein: »Aber die Armut hat viele Künstler inspiriert, mich zum Beispiel auch!« Vaculić sagte: »Na siehst du!« Ich war endlich zufrieden und sagte: »Jeder redet das, was ihm in den Kram paßt!« Opa sagte: »Die freie Äußerung selbst der dümmsten Meinung, das ist unser größter Reichtum!«

Doch die schönste Veranstaltung gab es anläßlich der Befreiung von Šid, der wunderschönen slawonischen Stadt.

Ich versprach, dafür ein eigenes Stück zu schreiben, tat es aber nicht. Genosse Abas fragte: »Warum bist du so unzuverlässig!« Ich sagte: »Ich weiß nicht!« Opa behauptete: »Er ist noch ein Kind!« Major Jovo Sikira schnaubte: »Wozu haben wir dann den Genossen Abas und all die anderen Genossen Delegierten eingeladen!« Der Onkel sagte: »Jetzt werdet ihr einfach drauflosspielen müssen, das ist euch wohl klar!« Wir zogen verschiedene bunte Kostüme an, männliche und weibliche. Vaculić machte uns Mut: »Nicht das Äußere ist wichtig, auf den Inhalt kommt es an!« Opa und der Onkel stritten sich um Papas alte Melone. Die Tanten traten als Hawaiimädchen auf. Mama wickelte sich in die Hausfahne, der rote Stern prangte mitten auf ihrer Brust, unter der Fahne trug Mama nichts. Als unsere Genossen, die Delegierten, die Studenten und auch mein bester Freund Voja Bloša da waren, fingen wir alle an, uns an die Brust zu schlagen und Dinge zu rufen, von denen wir früher nicht die geringste Ahnung gehabt hatten. Alles, was wir vortrugen, war unverständlich, aber es betraf in erster Linie die Weltrevolution und unsere Rolle darin. Opa nahm die Melone ab und verkündete: »Ich werde meine Türe den Dieben öffnen, sollen sie doch alles wegschleppen aus diesem Haus, das Langeweile erzeugt und andere schlechte Eigenschaften!« Mama sagte: »Ich werde alle Blumen zertrampeln und das ganze Gras ausrupfen, weil es unnütz und sogar schädlich für die künftige Entwicklung ist!« Papa behauptete: »Ich werde, wenn nötig, auf den Händen gehen!«, verhedderte sich aber zwischen den Stühlen und fiel hin, wegen des Alkohols. Mama faßte Mut und rief: »Ich werde nackt auf die Straße hinauslaufen, um alles nachzuholen, was ich in meinem düsteren und freudlosen Leben verpaßt habe!« Die Tanten nahmen sich an den

Händen und sagten: »Wir werden Soldaten in unser Bett einladen, selbst die unrasierten und sogar die, die den Helden der berühmten Filme auch nicht im entferntesten ähnlich sind!« Opa schrie: »Wir werden alle wahnsinnig, und das wird unsere Rettung sein!« Mama fügte hinzu: »Ich bin jetzt schon wahnsinnig, und darum bin ich so glücklich wie in den Romanen!« Der Onkel verkleidete sich als amerikanischer Millionär, der in den Schlamm gefallen ist. Er sagte: »Der Übergang zum Wahnsinn gleicht dem von einer niedrigen zu einer höheren Entwicklungsstufe!« Papa stellte fest: »Die Wahnsinnigen sind unsere Brüder, das ist doch klar!« Alles das sagten wir unter großem Lärm, begleitet von meinem Akkordeon und Voja Blošas ständigen Zurufen: »Recht so!« Opa sagte zu ihm: »Wer fragt schon nach deiner Meinung!«, aber Vaculić forderte: »Nur weiter so!« Frau Darosava wollte ebenfalls etwas verkünden, sie zog andauernd ihren Rock über den Kopf und versuchte uns hartnäckig eine bestimmte Stelle an ihrem Körper zu zeigen, Opa drohte ihr: »Du sollst Ruhe geben!« Ich begriff, daß dies ausschließlich unsere, eine Familienveranstaltung war und daß alle Genossen, sowohl die Delegierten als auch die gewöhnlichen Soldaten, zu schweigen und zuzuhören hatten. Der Onkel stieg auf einen Stuhl und brüllte: »Dies ist die Siegesstunde des Verstandes und aller positiven Erfindungen des menschlichen Geistes über die Finsternis und die Unterwelt!« Opa verneigte sich und sagte: »Ich werde mitten in dieses Haus scheißen und es dann anzünden!« Papa lallte mit schwerer Zunge, brachte dann aber doch hervor: »Ich werde König und will mich wie ein Schwein besaufen!« Voja Bloša schaffte es, endlich auszurufen: »Ich werde die erste Frau, die ich treffe, an der Brust packen, um zu sehen, wie das ist!« Opa fuhr dazwischen: »Halt die Schnauze!« Die Tanten erklärten: »Wir werden überschnappen und dann unsere Memoiren schreiben!« Der Onkel sagte: »Wir alle werden bis zum letzten Mann im Kampf fallen, und es wird uns nicht einmal leid tun!« Opa verkündete: »Wir werden Bettler sein, und ich werde es genießen!« Mama sagte: »Ich werde mich der Hurerei hingeben und meinen gesamten Verdienst für die Erziehung vernachlässigter Waisenkinder stiften, das war schon immer mein Traum!« Opa stellte fest: »Wir werden die berühmteste Familie der ganzen Menschheit, die sowieso auf den Hund gekommen ist!« Am Ende sagte Mama, aber für sich: »Ich werde wieder Kopfschmerzen bekommen, und die werden drei Tage nicht weggehen!«

## *Siebzehn*

Oberstleutnant Vaculić fragte uns: »Warum spendet ihr nicht Blut, das jetzt so dringend benötigt wird!« Mama fragte: »Schon wieder!«, sie dachte an das viele Blutvergießen in der Geschichte. Er antwortete: »Solange es nötig ist!« Papa stand sofort auf und erklärte: »Ich tu's!« Opa wandte ein: »Die brauchen keinen Alkohol!« Die Tanten gingen ins Militärkrankenhaus, fielen aber beide in Ohnmacht, man schickte die Tanten ohne jede Blutabnahme wieder nach Hause. Genosse Abas teilte uns mit: »Das wichtigste ist jetzt, die Straßenbahnschienen zu räumen und die Volksfeinde einzusperren!« Mama sagte dazu: »Unsere einzigen Feinde sind die Wanzen, die vernichten wir mit der Giftspritze!« Unser Sekretär, Genosse Simo

Tepčija, versammelte uns im ehemaligen Kino »Korso« und befahl: »Wir werden von hier ausschwärmen und in Erfahrung bringen, was die Leute über die neueste Entwicklung denken!« Ich sagte: »Mama und die Tanten horchen immer durch ein Loch in der Wand, was die Nachbarin, die eine Hure ist, im Bett treibt!« Er sagte: »Na also!« Dann sagte er: »Jeder wird sich seine sieben aussuchen und sie auf Schritt und Tritt verfolgen!« Wir waren alle einverstanden. Ich legte sofort ein Notizbuch an mit dem Titel »Meine sieben«, in dem ich die Aussagen und die Beobachtungen über die betreffenden Genossen sowie Gedichte zum gleichen Thema festhalten wollte. Früher stand auf dem schwarzen Einband: »Ćosić, Kolonialwarenhandlung, Virovitica«, das strich ich durch. Mama schimpfte: »Wer hat dir erlaubt, das kostbare Ausgabenbuch deines unglückseligen Vaters zu nehmen!« Opa kam mir zu Hilfe: »Was soll das Buch, wenn von dem Geschäft nicht einmal eine Dose Ölsardinen übriggeblieben ist!« Ich machte mich wieder an die Hausaufgabe, die mir Simo Tepčija, unser Sekretär, eine Art neuer Lehrer, aber viel gefährlicher, aufgetragen hatte. Die Aufgabe lautete: »Wer feiert Slava oder trägt amerikanische Schuhe!« Meine Lösung sah so aus: »Solche Schuhe trägt niemand, ich selbst trage die von meiner Urgroßmutter, aus Filz, und Slava feiert der Ajhenbaum!« Simo Tepčija schimpfte: »Was für eine Slava kann der Ajhenbaum schon feiern!« Ich erklärte es ihm: »Den Tag, an dem er als lebendig aus dem KZ entlassen worden ist!« Er dachte nach und sagte: »In Ordnung!« Nachher fragte er mich: »Wie geht es deinen sieben!« Ich sagte: »Hervorragend!«, obwohl ich mir in dem Büchlein nur Notizen über Voja Bloša, meinen einzigen Freund, gemacht hatte. Opa sah mich etwas unterstreichen, kam näher und fragte: »Schon wieder so ein blödes Gedicht!« Ich sagte: »Nein, Notizen über meinen besten Freund und was er zu verschiedenen Fragen meint!« Opa fragte: »Wen kümmert das!« Ich sagte: »Simo Tepčija, den Sekretär!« Opa lief erregt in der Küche hin und her, schlug dann mit der Faust so heftig gegen den Türrahmen, daß alles bebte: »Schämst du dich denn gar nicht, dein bester Freund!« Ich riß die ganze Seite über Voja Bloša heraus und tat sie in den Beutel, auf dem Klo.

Simo Tepčija gab uns Bescheid: »Heute nacht werden wir, statt zu schlafen, eine Versammlung über sehr wichtige Fragen abhalten!« Genosse Abas trug zunächst den Fall eines beiderseits unanständigen Ereignisses zwischen einer Genossin und einem uns unbekannten Genossen vor, dann ging er zu dem Punkt über, der »Kritik und Selbstkritik« hieß. Dieser Punkt bestand darin, daß jeder erst etwas über sich sagte und dann über die anderen, es war so etwas wie ein Gesellschaftsspiel. Im wesentlichen sagten alle dasselbe über sich: »Ich bin ein Dickschädel!« Genosse Abas forderte: »Weiter!«, aber wir sagten nichts mehr. Nur Genosse Kalafatović, der den Sketch mit dem Rasierschaum erfunden hatte, gab zu: »Mein Vater stammt aus einer kleinbürgerlichen Familie, und ich onaniere!« Genosse Abas sagte: »Das ist nicht von Belang!« Wir begannen, einer an die Schulter des anderen gelehnt, einzunicken und weckten jeweils den, der mit Reden dran war. Später zog der Sekretär mit einem Rotstift eine Art Kreis auf einem alten Stadtplan. Die Linie verband alle Häuser, in denen wir wohnten, der Sekretär erklärte: »Das ist eine Informationskette!« Alle schwiegen. Dann sagte er: »Der erste meldet es dem zweiten, der zweite dem dritten und so weiter, am Ende wissen es alle!« Wir fragten: »Was!« Kalafatović wohnte etwas weiter entfernt, seinetwegen war der Kreis an einer Stelle ausgebeult. Der Sekretär forderte uns auf: »Jeder sagt jetzt seinem Nebenmann ein geheimes Wort, zur Probe!« Mir kam das vor wie das Spiel »Stille Post«, auch nicht übel. In dem Spiel dachte sich mein Onkel immer die merkwürdigsten Wörter aus, die wir einander zuflüsterten, bis am Ende etwas ganz anderes herauskam. Wir bekamen verschiedene Aufgaben, wie »aufklärerisch-kulturelle«, »ideologische«, »Ping-Pong« und andere. Dann rief uns der Sekretär auf, aber nicht mit unseren richtigen Namen, sondern so: »Ping-Pong!«, »Musik!«, »Sauberkeit!« Wir antworteten alle, nur die für die Sauberkeit eingeteilte Genossin war krank. Der Sekretär machte an dieser Stelle ein Zeichen. Am schlimmsten stand es mit dem Genossen, dessen Bezeichnung »Ping-Pong« war, japanisch. Dieser Genosse hatte seinen Auftrag überhaupt nicht erfüllt, denn auf dem für das Spiel bestimmten Tisch hatten der unbekannte Genosse und die Genossin das besagte Kind gemacht und ihn bei dieser Gelegenheit demoliert. Das alles war sehr gefährlich und auch lustig. Der Onkel erklärte mir: »Der Sozialismus ist das Kindesalter des Menschengeschlechts!« Papa stimmte zu: »Recht so!« Vaculić erzählte, wie es in Rußland gemacht wird: »Dort lachen alle!« Mama weinte, aber wegen des Herbstes. Ich erledigte auch weiterhin meine Aufgaben.

Genosse Abas sagte zu mir: »Es wäre gut, wenn du ein Auge auf die Schmierereien in der Toilette hättest!« Ich ging auf die Schultoilette, aber nicht wegen eines eigenen Bedürfnisses, sondern um festzustellen, ob dort schon einer »Es lebe der König!« an die Wand gekritzelt hatte oder nicht. Ich stieß mit dem Fuß eine Tür auf, dahinter saß Voja Bloša und brüllte: »Laß mich in Ruhe scheißen!« Ich ging nach Hause und machte weitere Notizen über meine Dickschädligkeit, die Tanten fragten: »Ist das Chemie!« Ich antwortete: »Wen kümmert jetzt die Chemie!« Mama dachte gründlich darüber nach und sagte: »Kind, ich weiß es nicht!« Nachts schrieb ich irgendwelche Listen ab, in den Listen standen Namen von Menschen, die verdächtig und unbekannt waren, alle hatten sie sehr merkwürdige Namen wie Šonda oder ganz gewöhnliche wie Petrović.

Ich trug eine Binde um den Arm, auf der knallroten Binde stand »Ordner«. Ich referierte über den Übergang vom kapitalistischen zum kommunistischen System durch Kampf auf Leben und Tod. Das war im Erdkundeunterricht, anstelle der Lektion über die Rundheit der Erdkugel, mit Rücksicht darauf, daß das mit der Rundheit allgemein bekannt war. Ich hatte aus Papier ein Modell unseres Viertels gebastelt, mit sämtlichen Häusern, sogar den zerstörten. Ich begleitete Genossin Dragica am Klavier, die einen russischen Volkstanz aufführte, einen Hochzeitstanz. Ich schrieb die Parole »Das Leben ist schön« mit der Giftspritze gegen Wanzen, aus dem Gerät hatte ich zuvor das Gift herausgelassen und rote Tinte hineingefüllt. Ich spielte den zweiten Partisanen in dem Sketch »Die zwei Partisanen«, mit Schießereien. Ich schrieb das Gedicht »Der einsame Kämpfer«, als Akrostichon. Ich wollte in der ersten Fußballmannschaft unserer Abteilung spielen, aber man sagte mir: »Du gehörst auf die Reservebank!« Der Leiter der Fußballsektion innerhalb unserer Organisation erklärte mir: »Vielleicht bist du der Klügste, aber vom Fußballspielen hast du keine Ahnung!« Opa tröstete mich: »Das sind lauter Dummköpfe und Schurken!« Mama sagte: »Mein armes Kind!« Der Onkel fügte hinzu: »Ich sagte es ja!« Einmal ließen sie uns in einer Reihe antreten, um unsere Körpergröße festzustellen und zu prüfen, wieweit wir uns bei der Erfüllung all der Aufgaben entwickelt hatten, ich stellte mich auf die Zehenspitzen. Danach sangen wir das Lied vom Heldenkommandanten Čapajev, den ich lebendig in einem Film gesehen hatte. Mama betrachtete uns und sagte: »Wie mager ihr seid!« Die Tanten weinten. Opa schloß: »Ihr seid so schnell dabei zu weinen wie die Besoffenen dabei zu singen!« Bei der Genossin, über die wir im Zusammenhang mit dem demolierten Ping-Pong-Tisch diskutierten, fing der Bauch an dick zu werden. Vaculič gestand: »Ich habe schon manches Mädchen geküßt, aber so was!« Der Sekretär Simo Tepčija sagte: »Das wundert mich!« Der Onkel fragte mich: »Soll ich dich zu der Frau des Binnenschiffahrtskapitäns bringen!« Ich antwortete: »Ich weiß es selber nicht!« Wir hatten eine Besprechung in der Angelegenheit des Genossen Elijas Alhalel, bei dem sich in Ermangelung des anderen Geschlechts erste Anzeichen von Wahnsinn bemerkbar machten. Genosse Simo Tepčija sagte: »Wir haben euch die Freiheit gebracht, aber alles können wir nicht!« Dann fragte er: »Welche Genossin wäre so lieb!«, aber alle schwiegen. Durch noch unbeleuchtete Straßen begleitete ich eine Genossin Delegierte aus Prijedor zu einer Adresse, dort kam ein bebrillter Mann an die Tür und sagte: »Bei uns gibt es keinen Platz zum Schlafen, ich bin Ingenieur!« Daraufhin brachte ich sie zu einem Schneider, die Genossin Delegierte blieb an der Tür stehen und fragte: »Kannst du denn wirklich nicht küssen!« Ich antwortete: »Nein!« Später erzählte ich das alles zu Hause, die Tanten bekamen Mitleid und sagten: »Wie schrecklich!« Vaculić wollte das Thema wechseln und fing an, von einer Operation zu berichten, die mit einem gewöhnlichen, in Schnaps getauchten Taschenmesser ausgeführt wurde, direkt an der Front. Mama sagte: »Der Mensch verträgt soviel wie ein Tier!«

Wir zogen los, um im Rahmen einer Volksdemonstration die Schaufenster der Amerikanischen Bibliothek einzuwerfen, aus den Schaufenstern fielen Bücher und Fotos von Amerikanern in Uniform. Ich zog los, um »Blutsauger des Volkes!« zu rufen, das war bei einer Versammlung. Dort zerriß man mir einen Ärmel, die Tanten flickten den Ärmel notdürftig und sagten zu Mama: »Mach dich auf das Schlimmste gefaßt!« Sie heulte los: »Ist er unter ein Auto gekommen!« Die Tanten sagten: »Nein, aber der Ärmel!« Ich hatte einen Freund, einen Partisanenkurier, der oft »Verstehst du mich!« sagte, eine echte Pistole bei sich trug und schon rauchte. Es gab Wörter, die ich überhaupt nicht verstand, wie »Expropriation«, »Ejakulation« und so weiter, aber ich tat so, als ob ich Bescheid wüßte. Unser Sekretär Simo Tepčija mahnte: »Schön und gut, aber bilde dir bloß nichts ein!« In den Kinos lief der Film *Das große Leben* und auch der Film *Das Volk ist unsterblich*, was durchaus stimmte.

Dann versammelten wir uns in der Turnhalle, dort schmiß man einige Typen von der Schule wegen der Staatsfeindlichkeit ihrer Eltern uns anderen gegenüber. Wir spuckten sie an, Voja Bloša stieg auf die Empore und pißte von oben auf sie herab. Alle sagten: »Recht geschieht ihnen!« Später verprügelten wir zwei Jungs, die Zeitungen verkauften, das Blatt hieß *Demokratija*, es war aber verlogen, hurenhaft und gegen alles Unsrige. Mein Onkel fiel im Keller über eine namens Ružica her, sie sagte: »Aber, ich bitte Sie!«, willigte dann aber doch ein. Opa drohte später mir und meinem Onkel: »Wann werdet ihr beide zur Ruhe kommen!« Ich begriff, daß mich das alles störte.

Ein Genosse war ohne Bein, außerdem sehr grimmig. Er fragte uns: »Schämt ihr euch nicht alle, zwei Beine zu haben und ich nur eins!« Opa sagte: »Nein!« und dann: »Das ist Kriegsglück, das heißt Lotterie!« Der einbeinige Genosse, ansonsten sehr gut aussehend, zechte mit meinem Vater, rezitierte mit meinen Tanten Liebesgedichte und sagte dann: »Scheißglück!« Wir waren derselben Meinung. Vaculić lächelte dazu, milde. Der Genosse ohne Bein schnallte seine Prothese ab, schmiß sie neben den Herd und sagte: »Ihr habt gut lachen!« Opa räumte das Holzbein weg und sagte: »So sind jetzt die Zeiten!« Wir verrichteten sehr ernste Arbeiten, aber am liebsten mochten wir Gespräche, Gesang, Verse rezitieren und völlig neue Spiele spielen. Opa mahnte: »Du wirst nie erwachsen!« Ich antwortete: »Was kann ich dafür!« Mama nahm mich in Schutz: »Er hat keine Zeit dazu!« Ich versuchte immer wieder, wie andere Menschen erwachsen zu werden, aber jedesmal passierte etwas Neues und wieder blieben wir das, was wir gewesen waren.

## *Achtzehn*

Mein Sekretär Simo Tepčija kam hereingeschossen und brüllte los: »Zum Teufel, wo steckst du!« Ich antwortete: »Hier bin ich!« Er schrie: »Während du deinen Arsch am Herd wärmst, hat uns die Bande die ganzen Choruniformen gestohlen!« Ich sagte: »Was kann ich dafür, sie haben wohl die Tür aufgekriegt!« Opa tröstete uns: »Bestimmt hatten sie nichts anzuziehen!« Tatsächlich tauchten meine

Freunde in den Anzügen des Staatschores in der Schule auf, obwohl sie mit Singen nicht das geringste zu tun hatten. Ich bat sie: »Zieht die aus, ich werde sonst geköpft!« Sie antworteten: »Jetzt ist doch alles Gemeineigentum!« Simo Tepčija drohte: »Bis zur letzten Nähnadel lasse ich alles aus deinem Haus verkaufen, um den Schaden zu bezahlen!« Mama protestierte: »Mit Ausnahme meines Fleischwolfs, den gebe ich auch unter Androhung der Todesstrafe nicht her!« Der Onkel sagte: »In Zukunft wirst du sowieso nur noch die Zahnbürste dein eigen nennen können!« Opa platzte heraus: »Dann scheiße ich auch auf die Zahnbürste!« Vaculić sagte: »Das bringen wir schon irgendwie in Ordnung!« Ich schlug vor: »Die, die uns die Uniformen geklaut haben, sollen singen, und damit hat sich's!« Mama verpatzte alles: »Etwa die, die nicht einmal für einen halben Dinar Gehör haben!« Vaculić ging zum Kommando und setzte sich für mich ein: »Er ist wirklich unschuldig, Ehrenwort!« Sie sagten: »In Ordnung!«, glaubten ihm aber nicht.

Mama sagte anläßlich meines Geburtstags: »Legen wir alle zusammen und kaufen ihm eine Uhr oder einen Füllfederhalter, was zur Entwicklung seines Talents unerläßlich ist, oder zumindest eine Hose!« Alle antworteten: »Warum zusammenlegen!« Mama sagte: »Dann eben nicht!« Ich bekam zum Geburtstag ein kariertes Heft, auf dem stand: »Dem emsigen Schüler der mathematischen Wissenschaften, auf daß er noch besser werde!« Mama sagte: »Mein einziges, mein unglückliches Kind!« Mein Freund David Uzijel schlug mir vor: »Komm, wir zielen mit Pfeilen aufeinander!« Ich sagte: »Au ja!« David schoß einen Pfeil ab und traf mich an der Stirn, seine Mutter sagte später: »Verzeihung, und kommen Sie zu uns zu einem bescheidenen

Kuchen!« Opa fuhr dazwischen: »Was brauchen wir deren Kuchen!« Das geschah zu der Zeit, als der große Vortrag gehalten wurde: »Wie bei der Vielfalt der Ideen nicht die Orientierung verlieren!« Ich hatte wegen des Pfeilschusses einen Verband um den Kopf, ich sagte: »Vor der Dunkelheit hatte ich nie Angst, nicht einmal als ich klein war!« Der Sekretär Simo Tepčija sagte mir ins Gesicht: »Du wirst wohl immer noch von deiner Mama gebadet!« Die Genossin mit den Zöpfen behauptete: »Er ist weder Männchen noch Weibchen, er schreibt Gedichte!« Der Onkel fügte hinzu: »Ich habe gehört, daß in Rußland alle Gedichte schreiben, aber nachher werden manche von ihnen umgebracht!« Mama drückte mich fest an sich und sagte: »Gott behüte, werde lieber Schlosser!« Mein Freund Kalafatović schlug vor, wir sollten den Krieg zwischen den Deutschen und den Partisanen aufführen, auf der Bühne gab es ein ziemliches Handgemenge, später entdeckten wir, daß unser Wecker verschwunden war. Mama rief Kalafatović zu sich und warf ihm vor: »Wir haben mit dir den letzten Teller Kartoffelgulasch geteilt, und du tust uns so was an, wer soll uns jetzt wecken!« Kalafatović sagte: »Keine Ahnung!« Die Genossin mit den Zöpfen behauptete meinem Sekretär Simo Tepčija gegenüber: »Er hat sich vor mir auf die Knie geworfen!« Ich gestand: »Es stimmt, daß ich ihr einen albernen Liebesbrief geschrieben habe, der absolut verurteilungswürdig ist, aber das mit dem Knien ist eine Lüge!« Man fing überhaupt an, viele häßliche Dinge über uns zu sagen, die waren alle gefährlich und durch und durch unwahr. In der Nachbarschaft erzählten sie: »Wer weiß, was die für Dinger drehen!« Mama rief ihnen in Erinnerung: »Und als wir euch unsere Fleischwölfe ausliehen, hattet ihr nichts gegen uns!« Andere sagten: »Bei denen ist das reinste Bordell, man weiß nicht, wer es mit wem treibt!« Ich fragte Raul Tajtelbaum: »Ist ein Bordell eine freiwillige Vereinigung zur Förderung der Kunst und des fortschrittlichen Denkens!« Er antwortete: »Ich weiß es nicht, da habe ich im Unterricht gefehlt!« Sie ließen uns eine Zeitlang in Ruhe, und dann fingen sie wieder an: »Ihr singt zuviel, das ist es!«

Ich hatte einen Onkel, Tanten, einen Opa, alles das hatten die anderen auch. Von den anderen sagte man: »Das ist eine feine Familie!«, von uns nur: »Dieses Pack!« Wir lebten am Ausgang des großen Krieges, am Ende der Okkupation, am Beginn neuer Tage, wir benutzten Gegenstände wie Betten, Löffel, Duftwasser, alles war wie bei den anderen auch. Ich weiß nicht, woher die Unterschiede kamen. Von den anderen sagte man: »Sie haben alles!« und von uns: »Zerlumpte Penner, ohne einen Groschen in der Tasche!« Jemand hatte auf die Liste der Hausbewohner hinter Onkels Namen »Schürzenjäger«, hinter Papas Namen »Säufer«, hinter meinen »Blödian« geschrieben. Hinter Mamas Namen stand nichts, Mama beschwerte sich: »Ich Arme!« Die Tanten erkundigten sich: »Warum hassen uns alle!« Opa sagte: »Weil wir uns gut verstehen!« Der Onkel protestierte: »Einen Teufel tun wir!« Wir lebten weiterhin in der Familie, wie ehedem. Dann brachte Vaculić wieder den Genossen Jovo Sikira mit, der jedoch jetzt voller Mißtrauen war. Genosse Sikira betrachtete die Reste unseres zu Kleinholz zerhackten und verheizten Eßzimmers und fragte: »Woher habt ihr das!« Opa sagte: »Von vor dreihundert Jahren!« Jovo Sikira musterte die Fotos an den Wänden, die in verschiedenartigen Rahmen steckten, und fragte: »Wer sind die!« Mama sagte: »Tote, Verwandte aus dem vergangenen Jahrhundert!« Er stellte verdutzt fest:

»Das waren ja lauter Popen!« Opa antwortete: »Genau!« Ich behauptete: »Man hat mir im Komitee gesagt, ich solle nur so weiterarbeiten und mir keine Sorgen machen!« Mama strich mir über den Kopf und sagte zu Jovo Sikira: »Er steckt bis zum Hals in der Arbeit, dabei ißt er so schlecht!« Jovo Sikira gefiel das, und er tröstete sie: »So wurde der Stahl gehärtet!« Dann fiel ihm etwas ein, und er fragte uns: »Was habt ihr eigentlich während der Okkupation gemacht, als wir noch weit weg von hier auf unseren müden Gäulen hingen!« Opa antwortete: »Ich machte Schuhe aus Holz und fraß Scheiße!« Mama sagte: »Ich habe mich vor Kummer verzehrt!« Der Onkel sagte: »Mein Freund, das will ich dir lieber nicht verraten!« Jovo Sikira blickte ziemlich verwundert in unsere Gesichter und fragte: »Was wißt ihr über den bekannten faschistischen Schlächter Ervin Dunkelblum!« Ich verkündete: »Wir kennen nur Herrn Hartmund, den Bleistiftfabrikanten, und sonst niemand!« Er fuhr fort: »Kamen in euer Haus die Schwerverbrecher deutscher Herkunft, Dojč und Krvinski!« Ich sagte: »Ich kenne nur Majnel und Herold, die Hersteller meines kleinen, gut transportablen Akkordeons mit sechzig Bässen!« Oberstleutnant Vaculić rutschte unruhig auf seinem Stuhl hin und her und flüsterte ihm schließlich zu: »Ich habe es dir ja gesagt!« Sikira sagte nur: »Soso!« und fragte sofort weiter: »Wer hat hier aus Gewinnsucht mit unglücklichen jüdischen Seelen gehandelt!« Mama erklärte: »Dem besten Freund meines Sohnes, Rudika Frelih, der jetzt nicht mehr ist, habe ich ein wenig Marmelade aufs Brot geschmiert, als er ins Lager zog, etwas anderes hatte ich nicht!« Dann erschien ein Soldat mit irgendwelchen Papieren und einem Bleistift in der Hand, der Soldat fragte: »Ihre Berufe, bitte, aber ganz genau!« Opa antwortete wie aus der Pistole geschossen: »Wir leben, wir kämpfen, das ist unser Beruf!« Der Soldat entgegnete: »Das zählt nicht!«, riß das Blatt aus dem Heft und ging. Ich wußte, daß wir eine Familie waren, und zwar von Beruf, spürte aber, daß dies nicht genügte. Mama protestierte: »Einer kann auf einem Topf herumhämmern, und gleich wird er als Arbeiter eingestuft!« Später fügte sie hinzu: »Ich kann mich mit der Hausarbeit zu Tode schuften, aber das zählt nicht!« Oberstleutnant Vaculić weihte uns ein: »Gemeint ist die Erzeugung von Ware, welche die Fabrik verläßt!« Opa verstand das nicht. Vaculić fuhr fort: »Ware ist alles, was in Schachteln verpackt ist, wie zum Beispiel Schuhe!« Opa ärgerte sich: »Warum sollte ich Schuster sein!« Ich sagte: »Im Buch von Fridrih Engels steht geschrieben, daß die ganze Natur eine Fabrik ist, wo mittels Affen Menschen produziert werden und andere notwendige Dinge!« Oberstleutnant Vaculić bestätigte: »Das stimmt genau!« Papa mischte sich ein: »Alles auf der Welt muß jemand erzeugt haben, egal ob Blumen oder weiße Mäuse!« Die Tanten sagten: »Aber das soll nicht heißen, daß wir Däumchen drehen!« Mama sagte: »Schön wäre es!« Papa mischte sich wieder ein: »Es gibt Ware, die produziert wird, ohne daß man es merkt, wie zum Beispiel die Propaganda!« Alle verstummten, nur Opa sagte: »Und erst recht der Suff!« Die Tanten fügten hinzu: »Oder die Liebe, die keinerlei Spuren in Form eines Produktes hinterläßt!« Der Onkel sagte: »Und die Kinder!«, worauf die Tanten erröteten, und zwar beide. Im Naturkundeunterricht zeichneten wir sämtliche Tätigkeiten in der Familie, wie in einem Geschäft. Mama sagte später: »Was du doch alles in dein Hirn stopfen mußt, das ist schrecklich!« Ich sagte: »Wir beobachten einfach die Ereignisse in der Küche, als würden sie sich im Weltall oder in der Natur abspielen!« Mama erklärte: »Mir genügt es, Fenster zu putzen, Gurken einzulegen und die Hosen meines versoffenen Mannes zu flicken!« Der Onkel sagte: »Aber du mußt nicht bei Regen und Schnee hinaus, wie zum Beispiel die Soldaten!« Die Tanten beschwerten sich: »Wir werden es nie zu einem fortschrittlichen Beruf bringen, wie Schneider oder Barbier!« Der Onkel erklärte gleich: »Ich kann mich mit verbundenen Augen rasieren, und zwar vor allen!« Mama behauptete: »Ich kann aus Vaters altem Anzug vier kleine machen, für Kinder, die es gar nicht gibt!« Opa sagte: »Wen interessiert das schon!« Oberstleutnant Vaculić bemerkte: »Das ist leider wahr!« Alle arbeiteten in Fabriken, auf Feldern, auf Schiffen, wir arbeiteten in unserer Küche beziehungsweise in der Familie, das war die reine Wahrheit. Mama behauptete: »Was ich mit meinen zehn Fingern schaffe, würde Bände füllen!« Später erzählte sie: »Oft gehe ich in die Stadt und weiß nicht einmal, warum, so überlastet bin ich!« Opa warf ein: »Alle Achtung!« Wir alle arbeiteten etwas, aber das spielte sich zu Hause ab, und die Nachbarn äußerten sich ziemlich abfällig darüber. Meine begabten Tanten verfertigten kleine Bilder von nicht existierenden Landschaften, und später, in der Abenddämmerung, wischten sie sich mit einem Taschentuch die Tränen ab, aus unbekannten Gründen. Mein Vater, der ehemalige Sokol-Meister im Handstand, suchte immer wieder nach Wegen, eine möglichst große Menge Alkohol zu trinken, ohne daß ihm schlecht wurde. Mama verstand es besser als alle anderen, während des Anstreichens der Küche nicht von der hohen Leiter zu fallen, worüber sie sich immer etwas an den Rand der ausgelesenen Zeitungen notierte. Opa schlug Nägel in die Wände, sogar dort, wo man sie nicht brauchte. Mein Onkel bemühte sich, seine

Schuhe auf Hochglanz zu polieren, so daß er sich in ihnen spiegeln konnte, all das dauerte sehr lange. Ich versuchte, einen zwei Zentimeter großen Menschen zu basteln und ihn mit Hilfe eines Gummibands zum Laufen zu bringen, ich bildete mir ein, dieser Mensch würde später lebendig. Man fragte mich in der Schule: »Tut ihr wirklich nichts anderes als Wäsche waschen und Fotos aufhängen!« Ich sagte: »Nichts!« Dann fragten sie: »Ihr meint wohl, ihr seid klüger als alle anderen!« Ich sagte: »Das weiß ich nicht!«

Wir begannen, uns auch mit anderen Dingen zu befassen: Papa versuchte, nüchtern zu werden, Opa, künstliche Butter herzustellen, Mama, uns mit kleinen Brotstücken satt zu bekommen. Das Leben in der Familie glich einem aufregenden, ungewöhnlichen, streckenweise sehr langweiligen Film. Das Leben in der Familie erinnerte immer wieder an eine schon früher gelesene und inzwischen vergessene Geschichte mit unklaren Abschnitten. Das Leben in der Familie bestand aus Ereignissen, die Ereignisse traten fast täglich ein, sogar sonntags. Die Ereignisse, die in der Familie stattfanden, hießen »das Leben«, ein Wort, das sehr oft benutzt und nur selten verstanden wurde. Wir alle hatten großes Vertrauen in dieses Wort wie in die Wirklichkeit, die mit diesem Wort bezeichnet wurde. Das Leben fanden wir immer zauberhaft, andere meinten: »Alles Scheiße!« Alles, was wir unternahmen, erschien uns viel schöner als den anderen, daran konnten wir nichts ändern. Wir waren eine Familie. Im Rahmen unserer Familie wurde eine ganze Reihe von menschlichen Tätigkeiten, Handwerken und gemeinnützigen Arbeiten verrichtet, und dennoch waren in unserem Fall die wichtigsten Aufgaben väterliche, mütterliche, überhaupt verwandtschaftliche. Gegen unsere

Tätigkeiten waren nahezu alle, zu unseren Gunsten sprachen sich nur wenige aus, und die eher aus Freundschaft. Ich bekam das alles mit. Rückblickend meine ich doch, daß es auch diesen Beruf gibt, den so gern belächelten, die Familie. Trotz allem blieb uns die Überzeugung, daß wir einen sehr wichtigen Beitrag zum Aufbau der neuen Gesellschaft leisteten, auf eine innere, häusliche, küchenmäßige Art. Es stellte sich heraus, daß alles, was man über unser Leben sagen konnte, in meiner Hausaufgabe zum selben Thema enthalten war. Der Aufsatz wurde vor der ganzen Klasse vorgelesen, man lachte, man klopfte mir auf die Schulter und erklärte schließlich: »Allerhand!« Dabei blieb es. Viele Dinge habe ich völlig vergessen, die übrigen gerieten durcheinander. Es zeigte sich, daß es in den Büchern weitaus mehr Ordnung und System gab, oder zumindest sollte es so sein. Dann kam jener kleine Mann mit Hut, zog aus seiner Vorkriegstasche, einer Art Schulranzen, irgendwelche Papiere und teilte uns mit: »Sie müssen in ein kleines Zimmer umziehen, hier zieht ein Genosse ein mit seinen Sachen!« Opa fragte: »Mit was für Sachen!« Der erklärte: »Mit seinen eigenen!« Der Genosse mit seinen Sachen war Jovo Sikira, der sofort zugab: »Herrgott, auch ich muß doch irgendwo unterkommen!« Jovo Sikira brachte eigenhändig einen großen Stuhl herein und setzte sich drauf. Die restlichen Möbel schleppten andere Männer, unrasiert und sehr mürrisch. Die Männer brachten ein ehemals faschistisches Bett herein, für die Deutschen jetzt unnütz, sie trugen Uniformen ohne Abzeichen, einen von ihnen sprach Mama an: »Was machen Sie hier, Gevatter!« Der Gevatter antwortete: »Grüß Sie, Gevatterin, ich schleppe Möbel im Zuge der Strafverbüßung!« Später blieb er stehen, um zu verschnaufen, und berichtete: »Jeder, meine liebe Gevatterin, muß für seine staatsfeindlichen Taten auf dem Gebiet des privaten Kleinhandels büßen!« Mama antwortete: »So ist es, Gevatter, lassen Sie mich dieses Tischlein mit anfassen!« Später räumte der Gevatter zusammen mit den übrigen Zuchthäuslern unsere Sachen um, das Klavier, die Kristallgläser, die Bücher und die Bilder, die die Tanten mit Buntstiften verfertigt hatten. Mama sagte zum Schluß: »Danke, Gevatter, daß Sie uns in diesem Loch untergebracht haben!« In dem neuen, sehr schönen Zimmerchen fuhren wir fort, Lieder zu singen, russische und andere. Mama bereitete heißen Sliwowitz für alle, ich nahm zwei Schluck und hielt sofort einen Vortrag über die Verteidiger von Leningrad auf russisch, ohne Rücksicht auf meine Unkenntnis dieser Sprache.

In dem kleinen Zimmer lebten wir weiter wie bisher, nur daß wir jetzt einander näher waren. Nach den zwei Schlukken Schnaps war ich ganz zum Russischen als Sprache der Verständigung übergegangen. Die Tanten erinnerten sich an die Vorkriegsfilme *Wolga-Wolga* und *Rasputin, der verrückte Priester*, sie gaben Schlager zum besten, die sie damals gehört hatten, vor langer Zeit. Papa sagte zu ihnen: »Alle Achtung!« Mama sagte zu allen: »Wir sind ein Herz und eine Seele!« Oberstleutnant Vaculić gestand: »Ich bewundere euch!« Opa sagte: »Keine Ursache!« Mama breitete die Arme aus und stieß zu beiden Seiten gegen die Wände, wegen der Enge: »Ich würde ihnen meine Seele geben, sie sind wie Söhne für mich!« Vaculić bemerkte: »Hätte es nur nicht die vielen Popen in eurer Familie gegeben!« Mama sagte: »Wir können nichts dafür!« Papa fragte: »Wird die Sokol-Bewegung zum Zweck der Muskelertüchtigung wiederaufgebaut!« Vaculićs strenger Genosse Jovo Sikira erklärte: »Die einzige Bewegung wird die Bewegung zur Befreiung der Menschheit sein, und das ist schon viel!« Wir waren bemüht, uns in die Abläufe der neuen Organisation einzugliedern, ungeachtet der Lebensmittelknappheit, der Müdigkeit und anderer Schwächungen des menschlichen Körpers. Mein bester Freund war Voja Bloša, aber es gab auch andere, die allgemein als die besten Freunde galten. Die besten Freunde kamen zu meiner Mutter zum Mittagessen, bei meinen Tanten lernten sie, wie man Gedichte vorträgt, Zähne putzt und ähnliches. Die besten Freunde aßen sich am Bohneneintopf satt und erzählten später: »Sein Alter ist ewig besoffen, und er selbst ist ein Drecksack und ein Geizkragen!« Mama sagte: »Von jetzt an ohne uns!« Ein bester Freund fragte: »Würde jemand für mich die Hausaufgaben machen, damit ich in der Abendschule nicht durchfalle!« Die Tanten setzten sich hin und schrieben alles, was nötig war, später sagte er: »Bei denen stinkt es zum Umfallen!« Ein anderer bester Freund bat: »Könnte ich wohl für eine Nacht bei euch bleiben!« Wir lagen alle auf einem Haufen, er hörte nicht auf, die beiden Tanten zu kneifen, nachher erzählte er: »Wie in einem Waisenhaus!« Vaculić bekam einen nicht unterschriebenen Brief, in dem Brief war die Rede von der Zusammenarbeit meiner Familie mit einer feindlichen Großmacht und von unsittlichen Beziehungen meiner Tanten zu deutschen Soldaten. Vaculić knallte den Brief auf den Tisch, die Tanten heulten los, Opa schrie: »Diese Schufte!« Vaculić schwieg eine Weile, dann sagte er: »Vergessen wir das!« Später kam die Genossin in Stiefeln, knöpfte ihre Jacke auf und sagte: »Ich habe den Lügenbrief geschrieben, ich hielt es nicht mehr aus!« Mama sagte: »Gott hat Gerechtigkeit walten lassen!« Alle tranken Schnaps, aber den einfach gebrannten. Vaculić behauptete: »Die Zukunft wird anders sein!«

Mama fragte: »Warum!« Die Tanten seufzten: »Es gibt Augenblicke, die unersetzlich sind, wenn auch traurig!« Papa schloß: »Ich muß darüber nachdenken!« Die gestiefelte Genossin fragte: »Darf ich zu euch kommen wie früher, trotz des Briefes!« Wir sagten: »Du darfst!« Die Genossin erkundigte sich nach verschiedenen Kunstfertigkeiten, die das Menschengeschlecht hervorgebracht hat und die ihr völlig unbekannt waren, zum Beispiel das Stricken. Die Tanten brachten ihr bei, zu häkeln, Französisch zu sprechen und nicht zu lügen. Opa fragte: »Ich möchte bloß wissen, mit wem sie Französisch reden will!« Die Tanten sagten: »Mit wem es ihr beliebt!« Die gestiefelte Genossin wollte sich für die erworbenen Fertigkeiten erkenntlich zeigen, sowohl den Tanten als auch uns anderen gegenüber. Sie holte ein gelbes Büchlein von Vladimir Lenjin hervor und fragte: »Wer von euch hat *Einen Schritt vor, zwei zurück* gelesen!« Der Onkel schloß: »Das muß ein Lehrbuch für Tango sein!« Sie sagte: »Nein!« Papa sagte zum Onkel: »Du bekommst noch alles erklärt!«, man merkte aber, daß es auch ihm verschwommen und unklar blieb. Das alles führte in eine völlig unbekannte Richtung, aber vielen tat es gut. Ich erklärte: »Der Übergang vom Kindes- zum Jugendalter ist wie der Übergang von der kapitalistischen zur sozialistischen Lebensform!« Vaculić stimmte zu: »Ja, so ungefähr!« Mama sagte: »Diese Zeit hat viele junge Leute verheizt, unwiederbringlich!« Ich trug mein Gedicht »Der Baum, der ausharren wird« vor, durch und durch symbolisch. Während des Vortrags stand ich ganz schief, eine Schulter nach vorne geschoben, wie ich es auf einem Foto von Vladimir Majakovski, rezitierend, gesehen hatte. Opa sagte: »Du wirst noch ein Krüppel!« Ein paar Mädchen sagten zu Mama: »Wir würden uns in ihn verlieben, aber wir trauen uns nicht, ihn anzusprechen!« Mama sagte: »So ist es besser für alle!« Eine Genossin fragte mich: »Stimmt es, daß du immer noch jungfräulich bist!« Ich begann, ihr von meinen Erfahrungen zu berichten, in Sachen Kunst. Genosse Abas tröstete mich: »Das geht vorbei!« Von Voja Bloša erfuhr ich, was ich hätte antworten sollen, aber dafür war es jetzt zu spät. Dann begann Mama zu flennen. Man fragte sie: »Was hast du denn!« Sie antwortete: »Es ist der Spätherbst, wie üblich!« Ich nahm die Jahreszeiten nicht wahr. Ich schrieb fortwährend Gedichte, zeichnete russische Panzer und lernte das unverständliche Poem *Das Lied der Komsomolzen* auswendig. Ein Mädchen mit Zöpfen sagte zu mir: »Warum bist du so ein großer Dichter!« Ich antwortete: »Ich weiß es nicht!« Die kleine Genossin mit den Zöpfen fing mit den Gedichten an und endete bei der Frage: »Stimmt es, daß du noch jungfräulich bist!« Ich antwortete: »Ich stamme aus einer kleinbürgerlichen Familie!« Vaculić erklärte: »Wenn das alles bloß nicht aufhört und sich Langeweile breitmacht!« Genosse Abas versicherte: »Keine Sorge!« Mama sagte: »Wenn nur der November vorbei wäre, im Januar denke ich schon daran, daß der Mai kommt!« Mama sagte immer: »Heute ist dieser schwere Tag!« Opa fragte: »Welcher!« Mit Hilfe ihres Gedächtnisses konnte sich Mama jeden Tag an irgendeine große Tragödie der Vergangenheit erinnern, familiärer oder historischer Art. Dann erzählte Mama die Geschichte von dem Gärtnereigehilfen, der sich für die Hochzeit zurechtmachte und sich die Nägel schnitt, ein Nagelschnipsel sprang ihm ins Auge, das sofort auslief.

## *Neunzehn*

Mama nähte einen neuen Beutel, auf dem Beutel gab es keine Figuren mehr, weder Papa noch andere. An die Wand neben dem Beutel hatten Vaculićs Freunde den fröhlichen Spruch geschrieben: »Wer Dragica berührt, hier einen Strich ausführt!«, von Papa kein Wort. Nur Frau Darosava kam und teilte mit: »Ich weiß nicht, was ich mit ihm anfangen soll, schon zwei Tage schläft er in meinem Bett wie ein Toter!« Opa schlug vor: »Soll er doch dort bleiben!« Mama schrieb auf die Rückseite von Familienfotos Liebeserklärungen für Papa, eingeschlafen in Frau Darosavas Bett, das auch noch eng war. Papa kam nach Hause, griff in die Jakkentasche und fand Mamas Liebesbotschaften, meist in Form kleiner Gedichte. In ihren Gedichten sprach Mama von dem gemeinsamen Nachwuchs, das heißt von mir, und von der Revolution, die alles zum Besten wendet, zumindest äußerlich. Papa sagte: »Wer steckt mir so einen Unsinn zu!« Alle schwiegen. Papa erklärte: »Ich dulde nicht länger den Terror der Vergangenheit in Gestalt der eigenen Frau!« Mama warnte: »Das Kind kriegt einen Nervenzusammenbruch!« Frau Darosava beteuerte: »Wir haben nichts miteinander, mein Ehrenwort, er liest mir nur den pornographischen Roman *Arleta* von Stevan Jakovljević vor, und ich höre zu!« Opa schloß: »Nur das!« Papa schlug vor: »Ich nehme den Fleischwolf und die Thermosflasche, und ihr behaltet den Herd und die Eismaschine!« Wir waren einverstanden. Frau Darosava holte die Maschinen ab sowie Papas Ausgabenbuch von 1929, jetzt ungültig. Opa bemerkte: »Davon wirst du aber großen Nutzen haben!« Mama packte mich an den Schultern und verkündete: »Jetzt hast du keinen Vater mehr!« Ich dachte an Vladimir Iljić Lenjin, den Vater des gesamten Proletariats, sagte aber nichts.

Mama entdeckte in ihrer Mokkatasse einen Reiter und einen Sonnenuntergang, konnte aber zwischen diesen beiden Ereignissen keinen Zusammenhang erkennen. Mama begann wieder an der Herbstschwermut zu leiden. Erst war sie schweigsam, und dann explodierte sie. Mama gab jede Neuigkeit zum besten, als handele es sich um Brandkatastrophen. Mama schilderte Ereignisse, die uns völlig gleichgültig waren, ihre Träume und so weiter, Opa fragte sie: »Wo brennt's!« Einmal gestand ich: »Ich habe einen Freund, der stottert!« Die Tanten sagten: »Das ist vom Krieg!« Der Onkel korrigierte sie: »Nein, sein Vater war General und sein Großvater auch!« Vaculić stimmte zu: »Alles hängt an uns, den Jungen!« Die Tanten behaupteten: »In Paris werden wieder schöne Kleider geschneidert, wie früher!« Mama sagte: »Was nützt das, wenn wir so weit weg sind!« Der Onkel brachte eine sehr kleine Angestellte der Staatlichen Klassenlotterie mit nach Hause und erklärte: »Sie wird meine dritte Frau!« Opa versuchte ihn zu korrigieren: »Und was ist mit denen dazwischen!« Mama protestierte: »Nie kommen wir zur Ruhe!« Die kleine Frau versicherte: »Ich brauche nur sehr wenig Platz, und außerdem werde ich euch im voraus sagen, welche Nummer den Hauptgewinn macht!« Opa drohte: »Ja, damit wir alle im Gefängnis landen!« Mama holte wieder Papas Fotos hervor und zeigte sie uns: »Der Unglückselige sah in den unterschiedlichen Turnposen wunderbar aus, solange der Alkohol noch ein unbekanntes Land für ihn war!« Die Frau des Binnenschiffahrtskapitäns sagte: »Entscheide dich endlich, auch dein Onkel war bei mir, und ich habe ihm nicht die Nase abgebissen, im Gegenteil!« Genosse Vaculić tröstete uns: »Jetzt muß nur noch das Privateigentum abgeschafft werden!« Mama sagte zu mir: »Wenn ich nur deine Hose flicken könnte!« Die Tanten sagten: »Wenn nur ein Film käme mit Benjamino Djilji in jung!« Die Tanten fingen an, Esperanto zu lernen, die Sprache der Weltrevolution. Opa protestierte: »Wie könnt ihr nur dieses Kauderwelsch sprechen, alles durcheinander!« Die Tanten strickten ihm einen Pullover mit einem Hirsch und einem fünfzackigen roten Stern auf der Brust. Der Onkel fragte mich: »Wie steht's mit jenen Angelegenheiten!« Ich antwortete: »Nichts weiter!« Die kleine Frau antwortete: »Alles ist in der menschlichen Natur begründet!« Mama erzählte: »Als ich jung war, wollte mir einer in den Ausschnitt gucken, aber dein Vater warf ihn gleich aus dem Laden!« Unser Sekretär Simo Tepčija sagte zu mir: »Bleib auch weiterhin dem Feind auf den Fersen, immer und überall!« Später fragte er: »Wie steht's in deiner Familie!« Ich sagte: »Hervorragend, nur daß wir keine Schlafgelegenheit für die Delegierten aus dem ganzen Land haben, da wir alle in einem Zimmer leben!« Er meinte: »Da ist nichts zu machen!« Ich fuhr fort: »Außerdem möchten wir gerne wissen, was aus Genosse Abas geworden ist, wir sehen ihn nicht mehr, dabei war er unser Freund!« Simo Tepčija fragte: »Wer ist das!« Ich sagte: »Der Genosse, der uns immer über alles aufklärte!« Simo Tepčija antwortete: »Keine Ahnung!« Ich fragte Vaculić: »Wo ist unser allwissender Genosse Abas!« Oberstleutnant Vaculić riet mir: »Sei strebsam und erweitere deinen Horizont, bis du den Gipfel der Vollkommenheit erreicht hast!« Ich ließ nicht locker: »Ich weiß bloß nicht, wo Genosse Abas steckt!« Er antwortete: »Ich auch nicht!«

Voja Bloša sagte zu mir: »Dein Alter hat eine Frau gefunden, und du schaffst es nicht!« Ich erklärte ihm: »Das ist etwas anderes!« Mama sagte über mich: »Ich fürchte, er wird nie erwachsen!« Der Onkel sagte: »Kein Wunder, wo du ihm immer Rosafarbenes und ähnlichen Schwachsinn angezogen hast!« Mama antwortete: »Das war aus einer alten Bluse von mir, was kann ich dafür!« Opa dozierte: »Die Natur wird schon das Ihre tun!« Der Onkel fragte mich: »Berühren dich etwa unanständige Männer!« Ich sagte: »Nein, nur der Sekretär Simo Tepčija hat gesagt, er würde mich wegen der Uniformen erschießen, und wegen anderer Fehltritte!« Vaculić tröstete mich: »Er hat nur Spaß gemacht!« Der Herr Professor von der Etage unter uns drohte: »Ihr spielt euch ganz schön auf, dabei hat man euch in ein Kabuff zusammengepfercht!« Mama sagte: »Ich habe ihnen alles offen ins Gesicht gesagt, sogar dem deutschen Offizier, der mich wegen des fehlenden Ausweises abgeführt hat!« Ich erzählte: »Mein Onkel hat schon neununddreißig das Liedchen *Brüder zur Sonne, zur Freiheit* gesungen, das damals verboten war!« Der Onkel sagte: »Laß das!« Ich behauptete: »Ich habe nie eine elektrische Eisenbahn zum Spielen gehabt!« Opa fragte mich: »Na und!« Opa zeigte ein sehr gelbes Foto von seinen Vorkriegsgärten, -weinbergen und -häusern mit Balkons, schnippte mit dem Finger dagegen und fragte: »Was soll ich erst sagen!« Mama holte ihr berühmtes Bild mit dem Sahneschlagen in jenem Hof hervor sowie das Bild von unserem vollgestopften Geschäft, Innenansicht. Papa trug auf dem Foto eine große Schirmmütze, hinter seinem Ohr steckte ein Bleistift, ein Verkäufer griff auf dem Bild nach einer Dose und blieb deshalb verschwommen. Der Onkel berichtete mir: »Damit du es weißt, dein Vater grüßt mich nicht mehr im Treppenhaus!« Mama sagte: »Ich fürchte, er hat es bei diesem Frauenzimmer nicht warm genug!« Opa tröstete sie: »Keine Sorge!« Der Onkel erzählte: »Was für ein Kumpel, unzählige Nächte haben wir miteinander im Kaffeehaus verbracht, und jetzt so was!« Mama erinnerte ihn: »Und als er beim Kartenspiel mit dem armen Verkäufer der Nürnberger Ware Millionen gewann und ihm am nächsten Morgen alles wieder zurückgab!« Der Onkel sagte: »Weil er ein Trottel war!« Mama verbesserte ihn: »Das ist nicht wahr, sondern weil er ein großes Herz hatte!« Dann fragte sie: »Gibt es wohl das Meer noch, wie damals, vor dem Krieg, als ich es in Kraljevica sah und andernorts!« Die Tanten sagten: »Ach, ach, kämen doch nur die Straßenmusikanten wieder, mit unserem Lieblingsrepertoire!« Mama erklärte: »Endlich habe ich mich entschieden, alle schlechten Zähne, die mich quälen, ziehen zu lassen und sie durch neue zu ersetzen!« Vaculić sagte: »Wozu haben wir denn gekämpft!«, aber mehr im Scherz.

Die Tanten rieten: »Wir sollten lieber ein Gesellschaftsspiel anfangen und alles, was um uns herum geschieht, vergessen!« Mama erklärte: »So viele Beispiele für schweres Leben wurden schon in Büchern beschrieben, und trotzdem leidet der Mensch weiter, ohne zu wissen, warum!« Die Tanten sagten: »Weil die Bücher klüger sind als die Menschen!« Die kleine Frau des Onkels gestand: »Früher dachte ich, ich würde die Männer hassen, aber jetzt denke ich anders!« Vaculić flüsterte mir ins Ohr: »Wenn das hier schiefgeht, merke dir, es hat nicht sollen sein!« Ich versprach: »Abgemacht!« Oberstleutnant Vaculić liebte es, sein Schiffchen nach hinten, in den Nacken, zu schieben und loszusingen: »Krank liegt mein Liebster!« Vaculić verlor ständig Haare, namentlich wegen dieses Schiffchens, das er immer auf dem Kopf hatte. Mama behauptete: »Er hat mir ein Vorkriegsfoto gezeigt, mit einer dichten Mähne, man kam kaum mit dem Kamm durch, aber schaut ihn euch jetzt an!« Der Onkel erinnerte sich: »Vorbei sind die schönen Zeiten, als man vor den Augen der Deutschen einen Lastwagen voll Leder wegfahren und für eine hübsche Million verkaufen konnte!« Die Tanten sagten: »Hätten wir unser Leben doch bloß schöneren Dingen gewidmet!« Mama sagte: »Wo ist bloß mein Verstand geblieben!« Opa sagte: »Hätte ich bloß Räder gehabt!« Mama stellte fest: »Der Blick zurück verdirbt uns die Laune, überhaupt die seelische Gesundheit!« Das stimmte. Oberstleutnant Vaculić brachte uns Blumen mit und schlug vor: »Ihr solltet rausgehen, draußen ist Frühling!« Opa protestierte: »Als würden wir hier nur rumsitzen!« Mama wurde traurig: »Das bedeutet, die Tage werden bald wieder kürzer!« Vaculić sagte: »Sollen sie ruhig kürzer werden!« Dann riet er uns: »Ihr solltet Erfahrungen austauschen mit dem Rest der Welt, der anders ist!« Das stimmte nicht. Die Nachbarn stritten miteinander, polterten gegen die Wand und sangen, Opa behauptete: »Die sind genauso verrückt, nur kennt man sie nicht!« Mama sagte: »Wir hören Radio und wissen über alles Bescheid, das genügt uns!« Opa ergänzte: »Alles Notwendige haben uns unsere Vorfahren beigebracht, die jetzt tot sind!« Mama erklärte: »Es wäre für mich leichter gewesen zu sterben, aber es war mir beschieden, all diese schrecklichen Dinge mit anzusehen, im Leben und darum herum!« Opa sagte: »Man kann alles geradebiegen, solange es noch nicht zur letzten Konsequenz gekommen ist beziehungsweise zum Tod!« Vaculić ermutigte uns: »Einmal muß es ja besser werden!« Die Tanten sagten: »Jeder muß sein Kreuz tragen, wir zeichnen!« Mama bemerkte:

»Die beiden haben wirklich viel Talent!« Die Frau des Binnenschiffahrtskapitäns sagte zu mir: »Na siehst du, es hat gar nicht weh getan!« Mama sagte: »Ich habe für alle Pasteten gebacken, Pullover gestrickt, schöne Verse in Poesiealben geschrieben, und sie stecken mir eine Holzschlange ins Bett!« Vaculić erklärte es ihr: »Finde einen Mann!« Mama bügelte auch weiterhin die Hosen für alle, doch ständig gaben sie ihr komische Spitznamen und legten ihr Heftzwecken auf den Stuhl, wenn sie sich gerade hinsetzen wollte. Sie klagte: »Das ist der Dank dafür, daß ich mir die Augen beim Stopfen eurer Strümpfe verderbe!« Aber am liebsten spielten sie mit ihr »Blinde Kuh«. Während des Spiels nahmen alle ihre Augenbinden ab und schauten zu, wie Mama blind herumlief und die Möbel umwarf. Mama mochte am liebsten das Spiel »Falscher Schwips«, mit viel Getorkel. Daran beteiligten sich die Tanten, der Onkel und alle anderen. Früher hatte Papa zugeguckt, irgendwie verächtlich, jetzt war es so etwas wie eine Erinnerung an ihn. Einiges war zu Ende gegangen, anderes sollte erst beginnen. Vaculić sagte zu mir: »Warum schreibst du nicht alles über deine Familie auf, wo du schon eine so schöne Schrift hast!« Ich fragte: »Wie!« Er erklärte mir: »Jeder soll alles über sich gestehen, das wird den Genossen gefallen!« Ich fragte: »Welchen Genossen!« Er sagte: »Allen!«

## *Zwanzig*

Wir waren eine Familie, allen Verwarnungen zum Trotz. Alle anderen saßen fleißig an Schusterbänken oder bedienten in Kaffeehäusern, nur wir hingen ständig in unserer kleinen Küche herum, obwohl wir dazu keinen Grund hatten. Alle anderen machten Fahrradpumpen, Stempel und Schuhbürsten, nur wir produzierten nichts, was man uns ohne weiteres ansah. Wir redeten ständig über irgend etwas, in Form von Gesprächen, statt zu schweigen und den anderen zuzuhören, selbst wenn sie dümmer waren als wir. Opa sagte jedermann vielerlei ins Gesicht, was vollkommen falsch war. Mama führte oft grausige, wenn auch wahre Beispiele aus der Geschichte an, statt sie zu vergessen und durch schönere zu ersetzen, die es nie gegeben hatte. Unser Blick in die Zukunft war oft viel unklarer aufgrund der Bücher, die wir in einer vergangenen Epoche gelesen hatten, aber das war unsere eigene, durch nichts wiedergutzumachende Schuld. Man hatte uns so schön dargelegt, daß es für den menschlichen Organismus am besten sei, während der Straßenbahnfahrt zu stehen, salzarme Kost zu sich zu nehmen und auf einer harten Unterlage zu schlafen, doch wir wollten es nicht glauben, obwohl es angebracht gewesen wäre. Wir lasen auch weiterhin in dikken, meist nicht illustrierten Romanen, statt sie einem Heim für blinde Kinder zu stiften, denen diese Romane nicht hätten schaden können. Man gab uns den Rat, so alberne Dinge der alten Zeit wie Regenschirme, Zahnpasta und ähnliches nicht zu benutzen, aber wir taten es trotzdem, ohne dafür eine Rechtfertigung zu haben. Man bat uns zu horchen, was die Feinde in der Nachbarschaft trieben, doch das lehnten wir aus der uns angeborenen Dummheit ab und erlaubten somit, daß diese staatsfeindlichen Tätigkeiten bis an die Grenze des Erträglichen fortgesetzt wurden. Wir sahen viele schreckliche Szenen beim Rausschmiß des Professors aus seiner Wohnung mit an, in die dann einer von unseren Genossen einzog, aber das schlimmste war, daß wir darüber später redeten. Genosse Jovo Sikira hat uns so schön erklärt, daß wir nicht gesehen hatten, was wir gesehen hatten, doch wir sträubten uns dagegen, und das führte zu unerwünschten Konsequenzen. Wir konnten nie begreifen, daß manches sich nicht ereignet hatte, weil es nicht vorgesehen war, und schuld daran war allein unsere alte Angewohnheit, alles zu sehen. Genosse Jovo Sikira brachte uns bei, daß nur das geschieht, was geschehen soll, nichts anderes, aber Opa fragte gleich: »Wieso eigentlich!« und vermasselte damit alles. Wir dachten früher, eine siebenköpfige Familie sei mehr wert als ein junger Oberstleutnant mit verbundenem, weil verwundetem Arm, und ließen uns nicht vom Gegenteil überzeugen. Mama beobachtete oft die Versorgung der Offiziersfamilien mit Weißbrot aus Spezialmagazinen und erwähnte in diesem Zusammenhang die Nachbarin Darosava und ihre Hurerei, was eigentlich nichts miteinander zu tun hatte. Wir brachten oft die wesentlichsten Dinge der historischen Entwicklung in Verbindung mit der unwesentlichen Hurerei und Kartendrescherei in unserer Nachbarschaft, ohne daß es dafür irgendeine Notwendigkeit gab. Man hatte mich so schön gebeten, alles aufzuschreiben, was Voja Bloša im Erdkundeunterricht und anderswo redete, aber ich behielt nur die Worte in Erinnerung, die er an die Frau des Binnenschifffahrtskapitäns gerichtet hatte: »Du kannst mich mal am Bauchgriff packen!«, die für niemanden von Belang waren. Ich merkte mir die Aufgaben sehr genau, die uns unser Sekretär Simo Tepčija auftrug, aber ich hielt auch noch am nächsten Tag daran fest, wenn sich diese Aufgaben schon von Grund auf geändert hatten. Ich fragte ihn: »Wieso war Genosse Abas noch gestern unser größter Freund, und heute ist er ein staatsfeindliches Schwein!«, was ich besser nicht hätte tun sollen. Ich erzählte ständig aus dem Leben von Lav Trocki, darin den Empfehlungen des Genossen Abas folgend, obwohl man mir klipp und klar darlegte: »Den hat es gar nicht gegeben!« Wir erinnerten uns an die schlimmsten Beispiele aus unserem Leben und aus dem anderer Leute, statt spazierenzugehen und alles für immer zu vergessen. Wir erkundigten uns oft nach verschiedenen Genossen, die in unserer Küche gesessen hatten und später nie wieder auftauchten, obwohl wir das nicht hätten tun sollen. Wir erschraken mehrmals über die großen Veränderungen, die sich von einem Tag auf den anderen an manchen Studenten und ihren Schicksalen vollzogen, doch das war ganz falsch und völlig unnötig. Mama sprach immer wieder ihren sehr unvorsichtigen Satz aus: »Auch sie sind Menschen aus Fleisch und Blut!«, der sich jedoch später als unrichtig erweisen sollte. Wir behaupteten, viele Menschen seien einander gleich, aber dann stellten wir fest, daß dies nicht stimmte, weder im Hinblick auf den Rang noch auf die Größe, den Kopfumfang und das Hirn darin. Ich begriff später, daß wir eine Kommission hätten bilden sollen zur Untersuchung von Papas Sauferei, Opas unklugem Gerede und Onkels Gebrauch schlimmer Ausdrücke, aber wir haben es nicht getan. Ich hätte schon früher von dem Getratsche meiner Mutter über die Tuberkulose und andere Schweinereien in unserem Haus berichten sollen, anstatt alldem tatenlos zuzuhören. Es wollte uns nicht einleuchten, weshalb der glatzköpfige Genosse mit der Schirmmütze schöner sein mußte als Ronald Kolman auf dem Pferd, aber es erwies sich, daß es so sein mußte, nur hatten die Tanten keine Ahnung davon. Wir wunderten uns zu Unrecht, wenn ein Genosse erklärte: »Heute ist schönes Wetter!«

und wir gar nicht begreifen konnten, worin das Großartige dieser Aussage bestand. Genosse Jovo Sikira wollte uns ständig weismachen, daß man »Koferenz« und »Apatheke« sagt, wir stritten grundlos mit ihm, wobei wir ihm etwas in einem verschmierten Buch zeigten, das schon überholt war. Man hielt uns an, die schönsten Lieder, die wir kannten, zu singen, aber dann war gerade ein wichtiger Genosse, von dem wir keine Ahnung hatten, gestorben, und man sagte uns zu Recht: »Was grölt ihr da, wo das ganze Land trauert!« Wir dachten, die Genossen würden nie sterben, aber wir irrten uns. Sie baten mich, einige Ereignisse in meiner Familie zu beschreiben, und als sie es dann lasen, drohten sie mir: »Daß du nie wieder einen Bleistift in die Hand nimmst!« Ich hatte schon früher manchen großen Gedanken meines Großvaters, meines Onkels, seltener auch meines Vaters aufgeschrieben. Opa fand diese Blätter, schnitt sie mit dem großen Küchenmesser klein und steckte sie in den Klopapierbeutel. Mama tröstete ihn: »Bestimmt hat ihn jemand dazu angestachelt!« Ich nahm viele Dinge, die sich um uns herum ereigneten, wahr, aber jedesmal wenn ich sie in Form einer schriftlichen Aufgabe wiedergeben wollte, schaute mich Mama an und sagte: »Du hast von Tuten und Blasen keine Ahnung!« Ich gab mir die größte Mühe, damit mein Bericht wie ein Hausaufsatz zu einem bestimmten Thema aussah, aber dann kamen neue Ereignisse, und alles geriet durcheinander. Dauernd kamen Leute bei uns vorbei, sagten ein paar Worte und gingen wieder. Währenddessen wurden im Haus verschiedene Arbeiten verrichtet, einige häufig, täglich, andere höchst selten. All das mußte unterschieden und mit Namen gelernt werden. Opa rebellierte: »In diesem Irrenhaus weiß man nicht, wer es mit wem treibt!« All das war früher passiert, später fing es wieder von vorne an. Mama klagte: »Wie lange soll das so weitergehen!« Niemand wußte es. Darin bestand unser Familienleben, daß immer einer fragte und die anderen antworteten oder auch nicht. Das war auch der Inhalt meines Aufsatzes: »Das verfluchte Leben im Teufelskreis«. Den Titel hatte sich Mama ausgedacht, aber was drinstand, war von mir. Mama pflegte hinzuzufügen: »Eine Plackerei ohne Ende!« In meinen schriftlichen Hausaufgaben, die einer Erzählung glichen, nur einer verrückten, kam es darauf an, zu überleben und sich dann an alles zu erinnern. Was das Überleben betraf, so war, zumindest vorerst, alles in Ordnung, das übrige erwies sich als viel schwieriger. Oberstleutnant Vaculić, dreiundzwanzig Jahre alt, bemerkte: »Unser Leben ist eigentlich auf die bestmögliche Art verflossen!« Die Tanten pflichteten ihm bei. Am schwierigsten war für mich, all die verschiedenen Namen und Personen auseinanderzuhalten, da unsere Wohnungstür immer offenstand. Opa sagte: »Bei uns ist es wie in einer Volksschule, nur weiß ich nicht, was man hier lernt!« Die Leute kamen und gingen, dann kamen sie wieder, wir schafften es nicht einmal, einen Spaziergang zu machen wegen all dieser Typen. Mama tröstete uns: »Besser so als bei den anderen, wo es langweilig ist wie in einer Gruft!« Der Onkel bemerkte: »Ehrlich gesagt, so ein Gedränge gibt es nicht einmal bei der Versicherungsgesellschaft!« Ungeachtet dieser Widrigkeiten von außen redete Opa weiter, wischte Mama sich ihre Tränen wegen der Herbst-Tagundnachtgleiche ab, und die Tanten stichelten an ihrem Gobelin. Nur daß es später die Stickseide nicht mehr gab, die für die Tanten unentbehrliche. Daher fiel am meisten Onkels Tätigkeit auf, den weiblichen Besuchern etwas ins Ohr zu flüstern, sowie Mamas beziehungsweise Opas, die darin bestand, dummes Zeug zu reden und Tränen zu vergießen. Das alles taten wir in einer gemütlichen Kammer, die wir anstelle unserer alten und stickigen sechs Zimmer benutzen durften, in unsere Zimmer zog der von den Strapazen des Krieges sehr müde gewordene Genosse Jovo Sikira ein. Wir aßen irgendwelche Nudeln, ganz trockene. Wir gingen zu anderen Leuten, um dort die gleichen Nudeln zu essen und über Politik zu reden. Wir waren eine heruntergekommene Familie, mit vielen schönen Fotos. Wir lebten in der Mitte des zwanzigsten Jahrhunderts, etwas davor und etwas danach. Wir waren immer unter den ersten bei allen möglichen Einsätzen wie Schneeschaufeln, Alphabetisierung oder Förderung der Freundschaft zwischen den Menschen. Wir kannten einige der besten Menschen in unserem Land und ein paar ganz schreckliche. Zuerst sagte man zu mir: »Du bist einer von uns, nur weiter so, entwickle dich in künstlerischer Hinsicht bis zur Vollkommenheit!« Später hieß es: »Hör auf zu quatschen, sonst drehen wir dir den Hals um wie einem Kanarienvogel!« Ich hatte einen Vater, der zu einer bestimmten Zeit die größte Menge Alkohol in Mitteleuropa trank. Wir waren in einem mit Sachen zugestellten Zimmer untergebracht, von dem man sagte: »Das ist für euch mehr als genug!« Ich war sehr lange Kind, danach begann das andere. Ich trug den Pelzmantel meiner Mutter, die Schuhe meiner Großmutter und über dem Ganzen die Windjacke eines amerikanischen, jetzt toten Piloten. Wir wohnten zusammen wie eine Militäreinheit. Die Hauptsache in unserem Leben war das Zeichnen, das Kochen und das Gießen von Blumen, auch der verwelkten. Ich glaubte anfangs, daß Kinder durch Bauchaufschlitzen zur Welt kommen. Ich dachte, Kinder würden mit Hilfe eines Gummiröhrchens und einer Pille gemacht, die in der

Dose mit der Aufschrift »Tod« heimlich aufbewahrt wurde. Ich glaubte, daß mit der Einführung der Freiheit der Ausschank alkoholischer Getränke aufhören würde. Ich hoffte, ich würde lernen, Geige zu spielen, dem war aber nicht so. Ich hatte Eltern, die am Anfang »Miezekatze!« zueinander sagten und später: »Blödes Rindvieh!« und sich dabei auch noch siezten. Man zeigte mir Bilder vom Gebrauch des weiblichen Körpers, aber ich glaubte das nicht. Unser Sekretär Simo Tepčija sagte: »Das eine sind deine speckigen Bücher, etwas anderes die Vorkommnisse im Leben!« Wir hatten Vorkriegsoffiziere, deutsche Soldaten, Partisanenkommissare und russische Panzerführer erlebt. Mein Vater besaß vor dem Krieg eine Sokol-Uniform, aber das war etwas anderes. Ich träumte, ich hätte als Hauptgewinn ein Tretauto bekommen, doch als ich aufwachte, merkte ich, daß die Wirklichkeit anders war. Bei uns zu Hause verkehrten Wasserinstallateure, Klavierstimmer, Studenten und Oberstleutnant Vaculić, mein Freund. Das alles war früher, danach begann etwas anderes. Mama fragte mich: »Warum kannst du nicht ein Kind bleiben!« Ich antwortete: »Ich weiß es nicht!« Voja Bloša fragte: »Ist das deine erste lange Hose!«, ich antwortete: »Ja!« Am Anfang war alles klar und einfach, später immer verworrener und unerklärlicher. Zu uns kamen viele Leute, später nur wenige. Am Anfang kannte ich nur wenige Namen, später fast alle. Ich weiß nicht, wie lange das alles dauerte. Der Onkel behauptete: »Das sind starke Momente!« Der Onkel wechselte siebenundzwanzigmal den Beruf, den wichtigsten, den des Liebhabers, nicht mitgezählt. Der Onkel zählte seine Miezen bis fünfhundert, dann gab er es auf. Mama zählte ihre Küchenmaschinen Marke »Aleksanderverk«, Opa zählte die Streichhölzer ab, aus einer Schachtel, einer ganz kleinen. Das war in einem großen Gedränge. All das geschah in einem Durcheinander, aber so war es. So, oder noch schlimmer.

# Anhang

# Transkription und Aussprache

Die wichtigsten vom deutschen Alphabet abweichenden Schriftzeichen des Serbischen und deren Aussprache:

| | | |
|---|---|---|
| c | ts, tz, z | Berlic, Gricner |
| č | tsch | Čerčil, Dojč |
| ć | tch, tj | Vaculić, Ćosić |
| ck | zk | Trocki, Klucki |
| dž | dsch, stimmhaft | Džoni |
| dj | stimmhafte Entsprechung zu ć | Djilas, Djilji |
| h | wie ch in dt. ach | Fridrih, Baruh |
| s | s, stimmlos | Sokol, Aleksić |
| š | sch, stimmlos | Moša, Šel |
| v | w | Ervin, Vladimir |
| z | s, stimmhaft | Kajzer, Ilze |
| ž | sch, stimmhaft | Ružica |

# Anmerkungen

Um niemandem die Entdeckerfreude zu nehmen, werden nur solche Namen und Titel erläutert, die bei westeuropäischen, mit serbischen Verhältnissen wenig vertrauten Lesern nicht vorausgesetzt werden können. Über amerikanische und deutsche Filmstars, Unterhaltungskünstler etc. wie Duglas Ferbanks, Tajron Pauer u. a. informieren, bei Bedarf und nach Rückübersetzung in vertraute Schreibweisen, die einschlägigen Lexika. Erwähnt sei lediglich, daß Tito von Beruf Schlosser war.

14 – *Sokol* russ., tschech. etc. Falke. Turnorganisation mit panslawistischen Idealen, 1862 in Prag gegründet, danach auch in mehreren Städten des späteren Jugoslawien, in Rußland, Deutschland, Frankreich, England und den USA. Die Sokol-Mitglieder, die sich mit »Bruder« anredeten, waren ausschließlich Slawen.

17 – *Paja Patak* Donald Duck

30 – *Čupčik* russ. Schopf, Haarlocke; bekanntes Lied aus der Zeit Peters des Großen, der das Tragen von Zöpfen verboten hatte.

38 – *Kalemegdan* weitläufiger Park in Belgrad mit Resten einer türkischen Festung. In dem Park befindet sich auch der Belgrader Zoo.

39 – *Karik und Valja* Titel eines Kinderbuchs des sowjetischen Autors Jan Larij, 1938 erschienen.

40 – *Kolabrenjon* Romain Rollands vielgelesener Roman *Colas Breugnon*

42 – *»Auf den Bergen scheint die liebe Sonne«* slowenisches Volkslied

42 – *Flüchtlinge aus der Hercegovina* Gemälde des bekannten serbischen Malers Uroš Predić (1857-1953). Die nach dem Aufstand ge-

gen die türkische Herrschaft in der Hercegovina im Jahre 1875 Vertriebenen sind in ihren Volkstrachten dargestellt.

43 – *Terazije* Hauptplatz im Zentrum Belgrads; während der deutschen Okkupationszeit wurden dort Widerstandskämpfer zur Abschreckung öffentlich gehängt.

47 – *Čukarica* Stadtteil von Belgrad

61 – *»Das Schlechte fault in dumpfen Särgen«* Eine Zeile aus dem internationalen Arbeiterkampflied »Die Rote Fahne«, ursprünglich polnisch, übersetzt von Rosa Luxemburg.

61 – *Dragoljub Aleksić* jugoslawischer Artist, der mit seinen phantasievollen und spektakulären Aktionen große Popularität erlangte. Vor dem Krieg drehte er den Film *Unschuld ohne Schutz,* den der bekannte jugoslawische Regisseur Dušan Makavejev ein Vierteljahrhundert später in sein gleichnamiges Werk einbaute.

61 – *zec* – Hase; *vrana* – Krähe; *sikira* oder sekira – Axt

62 – *SSSR* UdSSR

62 – *»Širaka strana maja rodnaja«* – russ. »Weit ist mein Heimatland«; Anfang der sowjetischen Hymne.

69 – Moša *Pijade,* Blagoje *Nešković,* Milovan *Djilas* jugoslawische Nachkriegspolitiker

77 – *Slava* für die Angehörigen des serbisch-orthodoxen Glaubens das Fest des Schutzheiligen der Familie.

82 – *»Demokratija«* Zeitung der Demokratischen Partei, die nach dem Krieg durch unlautere Machenschaften der Kommunisten ausgeschaltet wurde. Dazu gehörten u. a. Mißhandlungen der Zeitungsausträger, meist Schüler und Studenten, durch »fortschrittliche Jugendliche« und Verbrennen der Zeitungen auf offener Straße. Nach sieben Nummern stellte das Blatt sein Erscheinen ein.

# Über den Autor

## *Selbstportrait*

Als er *Die Rolle meiner Familie in der Weltrevolution* schrieb, in den Jahren 1966 bis 1969, ahnte der Verfasser nicht, daß er das Ende dieser Revolution und beinahe auch der Welt, in der sie sich vollzogen hatte, erleben würde. Daher vielleicht die Fülle fröhlicher Bilder in diesem Buch, namentlich an Stellen, wo man Dramen, ja Tragödien erwartet hätte. Auf diesem Wege fortschreitend, schrieb Bora Ćosić noch etwa dreißig Titel, wobei er stets das Lustige und das Nichtlustige in geordneter Unordnung und im systematischen Aufbau der Systemlosigkeit miteinander vermischte. Dies rächte sich an ihm, indem eine Art Schizophrenie in seinen Büchern zutage trat: einen Teil seiner Texte, ob Roman, Erzählung oder Essay, schrieb der »homo ludens«, den anderen der »homo philosophus«. Zur ersten Gruppe gehören *Priče o zanatima* [Geschichten vom Handwerk], 1966, der große Roman *Tutori* [deutsch etwa: Die Vormünder], 1978, und die Novelle *Bel tempo*, 1982. (Anm. d. Ü.: Auf den *Geschichten vom Handwerk* basiert der Prosaband *Wie unsere Klaviere repariert wurden. Satiren,* den Peter Urban 1968 bei Suhrkamp herausgegeben und übersetzt hat.) Alles, was sich in der Welt des Verfassers ereignete, wird darin versammelt, auf eine verspielte Weise, aber auch auf eine andere, eine vollends verrückte. Wenn es eine lustige, dem Spielen zugeneigte Essayistik gibt, dann gehören die Bücher *Sodoma i Gomora* (1963/1984), *Mixed media* (1970), *Dobra vladavina* [Die gute Regierung], 1992, unpubliziert, und *Sadržaj/Kazalo* [Inhaltsverzeichnis], 1968/1990, dazu. Dort finden wir viele Artikel aus einem Kolonialwarenladen, in dem man die ganze Welt kaufen könnte, nur verkleinert und in Schächtelchen verpackt. Schachteln, Regale, Register und Kassenbücher stehen dort, wo in den »klassischen« Büchern Inhalt, Verwicklung, Personen und ihre Handlungen anzutreffen sind. Daß auch schon in der »klassischen« Prosa ähnliches vorkam, daran erinnert Flauberts *Bouvard et Pécuchet,* eines der grundlegenden Bücher aus Ćosićs Vorgeschichte.

Nach einem kurzen Ausflug in die Probleme des »Denkens« stellte der Autor fest, daß Wissenschaft, Philosophie und insbesondere die Psychoanalyse als die fröhlichste der Wissenschaften es ebenso verdient haben, beschrieben zu werden, wie die verrückte Familie seiner Kindheit Mitte des zwanzigsten Jahrhunderts. So verfaßte er, als »homo philosophus«, die falsche Autobiographie des größten südslawischen Schriftstellers Miroslav Krleža und das fiktive »Notizbuch« eines anderen bedeutenden europäischen Mannes, Robert Musil. Heute versucht er etwas Ähnliches, indem er das große Romanwerk Marcel Prousts neu schreibt, das in seiner Version *Bergottova udovica* [Bergottes Witwe] heißen wird. Neben diesen Titeln und den ihnen verwandten wie *Intervju na ciriskom jezeru* [Interview am Zürichsee], 1988, *Rasulo* [Zerfall], 1991, *Frankfurtski predavac* [Frankfurter Redner], 1993, fügte Bora Ćosić seiner Bestandsaufnahme alles Bestehenden Abhandlungen über die Fehlleistungen beim Greifen hinzu (*Povest o Miškinu* [Die Geschichte Myschkins], 1990) sowie Versuche über Personen, die sich wie Rotkäppchen im Wald der Zeit verirrt haben (Lukács, Marko Ristić, Krleža). Er untersuchte ihre Träume, aber auch das, wovon sie im wachen Zustand, schreibend, träumten.

Heute sitzt Bora Ćosić wie Bergottes Witwe auf den Trümmern eines Staates, weder jung noch alt, weder fröhlich noch traurig, und seine Resignation schlägt sich in *Dnevnik apatrida* [Tagebuch eines Heimatlosen], 1993, nieder. Er beabsichtigt, weiterzuschreiben, wenn es dafür auch keinen Grund mehr geben mag.

Rovinj, 19. September 1993

## Bibliographische Notiz

*Uloga moje porodice u svetskoj revoluciji* [Die Rolle meiner Familie in der Weltrevolution] erschien zuerst im Jahre 1969 im Selbstverlag, danach 1970 bei *Prosveta* in Belgrad. Der Autor, der seine Bücher gelegentlich neu schreiben mußte, weil sie nicht wiederaufgelegt wurden, brachte 1980 eine veränderte zweite Fassung bei *Nolit* in Belgrad heraus. Diese Ausgabe liegt der deutschen Übersetzung zugrunde.

## suhrkamp taschenbücher
## Eine Auswahl

**Theodor W. Adorno.** Erziehung zur Mündigkeit. Vorträge und Gespräche mit Hellmut Becker 1959 bis 1969. st 11. 148 Seiten

**Isabel Allende**
- Aphrodite – Eine Feier der Sinne. Übersetzt von Lieselotte Kolanoske. Illustrationen von Robert Shekter. Rezepte von Panchita Llona. st 3046. 328 Seiten
- Das Geisterhaus. Übersetzt von Anneliese Botond. st 1676. 500 Seiten
- Paula. Übersetzt von Lieselotte Kolanoske. st 2840. 488 Seiten

**Ernst Augustin.** Gutes Geld. Roman in drei Anleitungen. st 2771. 170 Seiten

**Ingeborg Bachmann.** Malina. Roman. st 641. 368 Seiten

**Djuna Barnes.** Nachtgewächs. Roman. Übersetzt von Wolfgang Hildesheimer. Einleitung von T. S. Eliot. st 2195. 192 Seiten

**Ulrich Beck/Elisabeth Beck-Gernsheim.** Das ganz normale Chaos der Liebe. st 1725. 301 Seiten

**Jurek Becker**
- Jakob der Lügner. Roman. st 774. 283 Seiten
- Amanda herzlos. Roman. st 2295. 384 Seiten

NF 265/1/9.00

**Louis Begley**
- Lügen in Zeiten des Krieges. Roman. Übersetzt von Christa Krüger. st 2546. 223 Seiten
- Mistlers Abschied. Roman. Übersetzt von Christa Krüger. st 3113. 284 Seiten
- Schmidt. Roman. Übersetzt von Christa Krüger. st 3000. 320 Seiten

**Walter Benjamin.** Illuminationen. Ausgewählte Schriften. Herausgegeben von Siegfried Unseld. st 345. 417 Seiten

**Thomas Bernhard**
- Auslöschung. Ein Zerfall. st 1563. 651 Seiten
- Ein Lesebuch. Herausgegeben von Raimund Fellinger. st 2158. 365 Seiten

**Peter Bichsel**
- Kindergeschichten. st 2642. 84 Seiten
- Cherubin Hammer und Cherubin Hammer. st 3165. 112 Seiten

**Volker Braun**
- Hinze-Kunze-Roman. st 3194. 240 Seiten
- Trotzdestonichts oder Der Wendehals. st 3180. 160 Seiten

**Bertolt Brecht**
- Dreigroschenroman. st 1846. 392 Seiten
- Gedichte über die Liebe. Ausgewählt von Werner Hecht. st 1001. 240 Seiten

**Hermann Broch.** Kommentierte Werkausgabe. Herausgegeben von Paul Michael Lützeler. Sechs Bände in Kassette
- Band 1: Die Schlafwandler. Eine Romantrilogie. st 2363. 760 Seiten
- Band 2: Die Unbekannte Größe. Roman. st 2364. 258 Seiten

NF 265/2/9.00

- Band 3: Die Verzauberung. Roman. st 2365. 416 Seiten
- Band 4: Der Tod des Vergil. Roman. st 2366. 522 Seiten
- Band 5: Die Schuldlosen. Roman in elf Erzählungen. st 2367. 352 Seiten
- Band 6: Novellen, Prosa, Fragmente. st 2368. 358 Seiten

**Antonia S. Byatt.** Besessen. Roman. Übersetzt von Melanie Walz. st 2376. 632 Seiten

**Guillermo Cabrera Infante.** Drei traurige Tiger. Roman. Übersetzt von Wilfried Böhringer. st 2846. 541 Seiten

**Truman Capote.** Die Grasharfe. Roman. Übersetzt von Annemarie Seidel und Friedrich Podszus. st 3135. 208 Seiten

**Alejo Carpentier.** Le Sacre du printemps. Roman. Übersetzt von Anneliese Botond. st 2480. 682 Seiten

**Paul Celan.** Gesammelte Werke in sieben Bänden. Sieben Bände in Kassette. st 3202-st 3208. 3380 Seiten

**Julio Cortázar.** Die Erzählungen. Übersetzt von Fritz Rudolf Fries. Mit einem Vorwort von Mario Vargas Llosa. Vier Bände in Kassette
- Band 1: Die Nacht auf dem Rücken. Mit einem Vorwort von Mario Vargas Llosa. st 2916. 291 Seiten
- Band 2: Südliche Autobahn. st 2917. 350 Seiten
- Band 3: Beleuchtungswechsel. st 2918. 280 Seiten
- Band 4: Ende der Etappe. st 2919. 330 Seiten

**György Dalos.** Die Beschneidung. Eine Geschichte. Übersetzt von György Dalos und Elsbeth Zylla. st 2166. 199 Seiten

**Marguerite Duras.** Der Liebhaber. Übersetzt von Ilma Rakusa. st 1629. 194 Seiten

NF 265/3/9.00

**Hans Magnus Enzensberger**
- Ach Europa! Wahrnehmungen aus sieben Ländern. Mit einem Epilog aus dem Jahre 2006. st 1690. 501 Seiten
- Der Fliegende Robert. Gedichte, Szenen, Essays. st 1962. 350 Seiten

**Marieluise Fleißer.** Gesammelte Werke in vier Bänden. Herausgegeben von Günther Rühle. st 2274-2277. 1760 Seiten

**Max Frisch**
- Homo faber. Ein Bericht. st 354. 203 Seiten
- Mein Name sei Gantenbein. Roman. st 286. 288 Seiten
- Stiller. Roman. st 105. 438 Seiten
- Tagebuch 1946-1949. st 1148. 400 Seiten
- Tagebuch 1966-1971. st 256. 432 Seiten

**Norbert Gstrein.** Der Kommerzialrat. Bericht. st 2718. 148 Seiten

**Peter Handke**
- Kindergeschichte. st 1071. 105 Seiten
- Mein Jahr in der Niemandsbucht. Ein Märchen aus den neuen Zeiten. st 3084. 632 Seiten
- Wunschloses Unglück. Erzählung. st 146. 105 Seiten

**Hermann Hesse**
- Das Glasperlenspiel. Versuch einer Lebensbeschreibung des Magister Ludi Josef Knecht samt Knechts hinterlassenen Schriften. st 2572. 616 Seiten
- Siddhartha. Eine indische Dichtung. st 182. 136 Seiten
- Unterm Rad. Erzählung. st 52. 166 Seiten

**Wolfgang Hildesheimer.** Marbot. Eine Biographie. Mit zahlreichen Abbildungen. st 1009. 327 Seiten

NF 265/4/9.00

**Ludwig Hohl.** Die Notizen oder Von der unvoreiligen Versöhnung. st 1000. 832 Seiten

**Ödön von Horváth.** Jugend ohne Gott. st 2374. 182 Seiten

**Bohumil Hrabal.** Ich habe den englischen König bedient. Roman. Übersetzt von Karl-Heinz Jähn. st 1754. 301 Seiten

**Peter Huchel.** Die Gedichte. st 2665. 489 Seiten

100 **Wörter des Jahrhunderts.** st 2973. 351 Seiten

**Yasushi Inoue.** Das Jagdgewehr. Übersetzt von Oskar Benl. st 2909. 98 Seiten

**Uwe Johnson.** Jahrestage. Aus dem Leben der Gesine Cresspahl. Einbändige Ausgabe. st 3220. 1728 Seiten

**Hans Jonas.** Das Prinzip Verantwortung. Versuch einer Ethik für die technologische Zivilisation. st 1085. 426 Seiten

**James Joyce.** Ullysses. Roman. Übersetzt von Hans Wollschläger. st 2551. 988 Seiten

**Franz Kafka.** Der Prozeß. Roman. st 2837. 282 Seiten

**André Kaminski.** Nächstes Jahr in Jerusalem. Roman. st 1519. 392 Seiten

**Hermann Kasack.** Die Stadt hinter dem Strom. Roman. st 2561. 438 Seiten

**Bodo Kirchhoff.** Infanta. Roman. st 1872. 502 Seiten

NF 265/5/9.00

**Wolfgang Koeppen**
- Tauben im Gras. Roman. st 601. 210 Seiten
- Der Tod in Rom. Roman. st 241. 187 Seiten
- Das Treibhaus. Roman. st 78. 190 Seiten

**Else Lasker-Schüler.** Gedichte 1902-1943. st 2790. 439 Seiten

**Stanisław Lem.** Sterntagebücher. Mit Zeichnungen des Autors. Übersetzt von Caesar Rymarowicz. st 459. 478 Seiten

**Hermann Lenz.** Vergangene Gegenwart. Die Eugen-Rapp-Romane. Neun Bände in Kassette. 3000 Seiten

**H. P. Lovecraft.** Cthulhu. Geistergeschichten. Übersetzt von H. C. Artmann. Vorwort von Giorgio Manganelli. Ph.B. 19. st 29. 239 Seiten

**Hans Mayer.** Außenseiter. st 736. 511 Seiten

**Robert Menasse** »Trilogie der Entgeisterung«. Fünf Bände in Kassette
- Die Welt scheint unverbesserlich. st 2776. 365 Seiten
- Selige Zeiten, brüchige Welt. st 2312. 374 Seiten
- Phänomenologie der Entgeisterung. st 2389. 86 Seiten
- Sinnliche Gewißheit. st 2688. 329 Seiten
- Schubumkehr. st 2694. 180 Seiten

**Eduardo Mendoza.** Die Stadt der Wunder. Roman. Übersetzt von Peter Schwaar. st 2142. 503 Seiten

**Adolf Muschg.** Der Rote Ritter. Eine Geschichte von Parzivâl. st 2581. 1089 Seiten

NF 265/6/9.00

**Cees Nooteboom**
- Allerseelen. Übersetzt von Helga van Beuningen. st 3163. 440 Seiten
- Die folgende Geschichte. Übersetzt von Helga van Beuningen. st 2500. 148 Seiten
- Rituale. Roman. Übersetzt von Hans Herrfurth. st 2446. 231 Seiten

**Flann O'Brien.** Der dritte Polizist. Roman. Übersetzt von Harry Rowohlt. st 1810. 260 Seiten

**Juan Carlos Onetti.** Das kurze Leben. Roman. Übersetzt von Curt Meyer-Clason. Mit einem Nachwort von Durs Grünbein. st 3017. 380 Seiten

**Amos Oz.** Der dritte Zustand. Roman. Übersetzt von Ruth Achlama. st 2331. 366 Seiten

**Ulrich Plenzdorf.** Die neuen Leiden des jungen W. 148 Seiten. Englisch Broschur

**Marcel Proust.** In Swanns Welt. Auf der Suche nach der verlorenen Zeit. Übersetzt von Eva Rechel-Mertens. st 2671. 564 Seiten

**Luise F. Pusch.** Die Frau ist nicht der Rede wert. Aufsätze, Reden und Glossen. st 2921. 199 Seiten

**João Ubaldo Ribeiro.** Brasilien, Brasilien. Roman. Übersetzt von Curt Meyer-Clason und Jacob Deutsch. st 1835. 731 Seiten

**Ralf Rothmann**
- Flieh, mein Freund! Roman. st 3112. 278 Seiten
- Stier. Roman. st 2255. 372 Seiten

NF 265/7/9.00